我的青春路过你的锦年

杜成 著

哈尔滨出版社
HARBIN PUBLISHING HOUSE

目 录

前言

那天傍晚，她指着成群结队即将迁徙的候鸟满脸疑惑地问我："你认识它们吗？"当我的视线转移到她所指的方向时，我知道其实我们这些北漂的热血青年正如那成群结队迁徙的候鸟。

对一个北漂一族来说，我想回答她说是信念支撑着我们度过每一天的，我没有来得及对她说出的答案淹没在路边嘈杂的车流里。

说起北漂，每个人的初心都各不相同。有人为了梦想，有人为了爱情，有人为了一个人，有人为了工作和事业，有人纯粹为了繁华和热闹，也有人为了家人和孩子。

其实这部长篇小说灵感主要来源于我跟朋友们的北漂

传奇故事。美好浪漫的爱情谁不向往呢？毕竟不是每个人的情场都是非常顺利的。人生总有遗憾，同样我也是有遗憾的,这世间最美好的爱情莫过于一见钟情或者青梅竹马，然后不离不弃，幸福快乐在一起一辈子。

这五年多，我得到了来北京之前我想要的甚至不敢想象的一切，包括物质上和精神上的满足，我曾想过奋斗几年后拥有一套属于自己的房子,拥有一家属于自己的公司，成为一名编剧，但是我从来没有想过我会买书自学成为一名导演，当我得到这一切的时候，才发现在日渐繁忙的工作中也失去了一些东西。

这部书主要利用业余时间写写停停历时近三年，作为一个国内 90 后穿越派诗人，我从 16 岁开始写诗，来北京后整整沉寂了五年，因为我想五年后当我复出的时候，希望人们看到的是一个全新的最好的自己，如今我的首部长篇小说已经孵化出三部影视剧，分别是爱奇艺独播网络大电影《我的青春路过你的锦年》，网络剧《校花的实习男友》和同名网络剧《我的青春路过你的锦年》，另外同名院线电影也在后边的改编计划之中。

毕业后我们这群年少轻狂初生牛犊不畏虎的热血青年多么像那漫天飘飞着的蒲公英，戏剧般地流落到这里，突然要面对新的环境和那么多新鲜陌生的面孔，试着与他们相处，并在这里重新开始找寻一份新的工作和生活。

那些散落在地铁旁与天桥上的路灯的微弱灯光，照亮着每一个下班后匆忙回家的人。在这里，有太多让我们眷恋的东西，每一天每一年都有很多人以不同的身份角色进场和退出。

这里就像一个大熔炉，也许每一个当初带着梦想来到这里的人都曾做过衣锦还乡的美梦，多少人带着梦想和欢笑来到了这座曾经一心向往陌生而又繁华的城市，又有多少人带着眼泪和绝望离开这里？在这里，有很多人就像山坡上分散着吃草的牛羊；简单快乐而又真实的活着，那些泡沫般幻灭的愿望摇曳在风的翅膀上。

这几年要感谢的人很多，我都记在心里了，在此对所有看过和给予我第一部电影各种支持帮助的人一并表示感谢，这是我从事原创文学九年后的一次全面爆发，当然也特别希望大家去支持我人生中的第一部历时三年经数次增删修改的青春文学类长篇小说《我的青春路过你的锦年》。

第1章

初出茅庐不怕虎

在这座充满梦想和欲望的城市，我们北漂人都有一个衣锦还乡的心愿；青春就像一杯浓烈的酒，即使多年以后还想再次回味一下当年的那股豪情；青春就像一个冗长的梦，这场梦里我们都是带着翅膀来去自如的天使；青春又像匪夷所思的一盘棋，这局棋里年少轻狂的我们，因为年轻，因为梦想，所以无比疯狂，一路跌跌撞撞。

——题记

初秋的清晨，路边穿着统一服装的清洁工正在清理昨晚残留下来的垃圾和树上飘落的一片又一片叶子，这时的王博众做了一个不可思议的梦，梦见了一个看起来有些缥缈的女人，只问了他一个问题；“你愿意做我的女婿吗？”王博众看着年近半百的女人迫不及待地喊了一句：“我愿意！”然后眼前这个女人就泡沫般消失得无影无踪了，他醒来后才发现原来这只是一场美梦。

王博众有一个大学校友名叫史有理，外号眼镜兄，标准的啃老族，另外三个是墨镜哥、毛巾妹和捂嘴哥，四个就是当年安大“四大风云人物”。

除了王博众，最有意思的就是史有理，曾经在校期间对历史情有独钟，历史典故倒背如流，只要是他看过的书，只要你能说出内容他都能告诉你是多少章多少页，也正是因为史有理带他去见过吴天成之后，王博众坚定了自己创办一家公司的信念。

王博众来北京的梦想是闯出自己的一番天地，而他毕业后的人生规划就是在文化事业单位当个小编，然后娶妻生子，然后平凡普通地过完这冗长的一生。

下边的这段故事呢，就是王博众经历的那段如梦如幻波澜壮阔的北漂生活。

时间瞬间倒回到60个月以前。2012年5月，王博众掐指一算，离毕业还有最后两个月，他已经满怀梦想踏入曾经梦寐以求心之所向的国际大都市北京，他深知三军未动、粮草先行的道理。

早晚上下班高峰期拥挤的人群他已经不再感到陌生，他永远不会忘记来北京的初衷，即使身无分文也不会动摇他破釜沉舟的决心。

都说百无一用是书生，王博众学的汉语言文学专业，最初他幻想过来北京做一名杂志社或者报社的文字编辑，然后业余时间跑龙套，后来由于种种原因一直耽搁了，再后来他发现他的才华远不止这些。

刚毕业来到北京某家报刊应聘文字编辑，人事部女主管是一位看起来比较白皙文静的高雅女人，三十岁左右，礼貌性地看了看他用了三个小时精心修改了N次才比较满意的简历；摆出一副居高临下的姿态，傲慢之中带有一丝不屑的口气对他说：“我已看过你的简历，觉得你这小伙子挺有闯劲的，还挺有文采，或许你能成为下一个韩寒！

不过遗憾的是你来错了地方，咱们这里需要本科以上学历、北京户口和新闻专业一年以上工作经验的文字编辑。”

紧接着他又信心满满地去了几家传媒公司投递简历结果连连碰壁，就这样他一次又一次被当面泼了冷水，甚至吃了闭门羹。

由于刚出校门，没有什么工作经验，接二连三的碰壁使他渐渐地放下了大学生养尊处优的身份和面子。

紧接着他接到父亲的电话：“不行还是回家吧。家里就你一个孩子，也不指望你挣多少钱。实在想出来就去南京、浙江或者上海，随便一个南方城市，亲戚多，至少有事有个照应。”

钱多事少离家近的工作谁不想拥有呢？但是更多的时候，当我们走出校门独立生活，我们会发现很多事情都是事与愿违的。

王博众在这一刻铁了心地要留在一心向往的首都北京，不混出个人样，即使流落街头也不会轻易逃离的。

他不信才华横溢堂堂七尺男儿在人才济济竞争惨烈的国都北京会有英雄无用武之地的那一天，他心想只要不触碰法律的红线，哪怕有一家再小的公司愿意给我一个展现发挥的平台，我会尽力做好一名爱岗敬业的小员工，等以后再从长计议。

是的，就是依靠这种不怕苦不怕累、掉血不掉泪的顽强拼搏精神，他经过了一番啼笑皆非的充满戏剧性的经历，解决了最起码的生存温饱问题。为了能在这座冰冷的城市里立足，为了梦想，后来他起早贪黑做着各种兼职，卖袜子、卖猪肉、送外卖、卖茶叶、发传单、贴膜和跑龙套等等。

他在一家广告公司找到了一份实习的工作，别看这家广告公司规模不是很大，但是在北京也是一家有头有脸的公司，与世界500强的超市、国际连锁餐厅还有各大电器城都有着广告上的业务往来。

是的，他深知来到北京，没几个人知道他的过去，在这里，一切都得归零重新开始，没有人认识他，更没有人有时间打听他的过去，毕竟他不是公众人物。

但是他是个很有骨气的人，既然选择了北漂，即使跪着也要把剩下的路走完，无论以后有多么的落魄还是狼狈，他只要认定目标和方向就决不会轻易回头。

如今，经过几番碰壁后，他努力争取到一家创业公司的文案策划工作，朝九晚六必须按时上下班，现在、立刻、马上执行任务！没有那么多为什么！有事必须提前请假，一个月请假最多一个星期，旷工一天没写请假条扣三天工资，等等，一条又一条的规章制度往往使他焦头烂额。

他的工作其实很简单，主要是向骨灰级的老员工学习请教广告和图文的平面设计，牛老板在他面试的时候就说过只要技术学到家，交待的活干的好，一个月包你最少挣三千块！牛老板为人也十分仗义，经常对王博众说："只要是合情合理的要求和条件尽管和你牛哥提，干不好活什么要求都没有商量的余地。"

牛老板原名牛天明，此人五大三粗，脾气暴躁，看起来很像《水浒传》里边卖猪肉调戏金老汉女儿的屠夫镇关西，喜欢看财经类的杂志，擅长下围棋，平日里只要是生意上的单子，目标认准了无论付出多大的代价也在所不惜，靠广告白手起家，拥有北京市五套房产，郊区一栋三百多平方米的高档别墅，三套商铺，路虎车一辆。

三千块对于一个刚刚毕业的大学生来说是一笔不小的数目，在这座陌生而又竞争激烈的残酷的国际大都市里，有些事他不得不服气，至少目前他只是一个普通得不能再普通的大学生。而在北京这种国际一线城市人群里随便抓一个大学生都是211和985重点大学的，有的甚至是博士和海归，学历比他高的人大有人在。

那天周三他休息一天，在这个举目无亲的地方，他决定让自己的心灵和身体放松一下；于是他在微信朋友圈里发了一条信息：周三后海求结伴！求同行！微信里唯一几个无话不说的好友有的想陪他一起出去散散心，但是人不在北京；还有几个想去，不是加班就是正常上班，所以只有他一个人。

就在这一天，他遇到了一个和他情投意合的女孩。时值初夏，那天天空飘着绵绵的细雨，看着行人匆匆散去的脚步，雨中散步会让他感到很惬意，就在即将准备随着行人一起离开的瞬间，一个素衣长裙，长发披肩，秀色可餐，身高一米六九，穿着高跟鞋，楚楚动人的女孩撞入了他的眼帘，此刻女孩捧着一本徐志摩的诗集正面向远处声情并茂背诵。

偶然

我是天空里的一片云，
偶尔投影在你的波心——
你不必讶异，
更无须欢喜——
在转瞬间消灭了踪影。
你我相逢在黑夜的海上，
你有你的，我有我的，方向；
你记得也好，
最好你忘掉，
在这交会时互放的光亮！

然后呆立在林荫小道边，看着后海周边的风景。女孩名叫于菲菲，一副花痴的模样，雨水打湿了她的刘海，此时此刻的她正沉浸在这首诗的意境之中。王博众听得很入神，突然站在女孩的旁边，女孩一不小心踩了他一脚，女孩连忙向他道歉说：“对不起！我不是故意的。”

他看到女孩一副惊慌失措的模样，淡淡地说了一句“没关系”两人就这样并肩而行，王博众抑制不住内心的喜悦：“你迷人的背影刚刚吸引到我了，很想认识你一下，我跟你说啊，我以前上学的时候也非常喜欢诗词，我们是有共同兴趣爱好的一类人，我们可以做个朋友吗？”

“无事献殷勤，非奸即盗，要不就是骗子。”于菲菲心想。

正当女孩走神下台阶时一不小心踩空了，正要摔倒在地的刹那被王博众给扶住了，等她站起来时，王博众拿出了平日里没有的男气上前一步为女孩撑起自己带的彩虹色的雨伞，一番打量过后，顺便介绍一下自己：“你好，我叫王博众，刚加入北漂一族，你也是北漂吗？希望可以跟你交个朋友，如果你不介意，我们一起结伴同行吧！”

起初女孩稍有戒备之心，只是礼貌性地回复了一句：“呵呵，算是吧。”王博众朝她会心地笑了笑。

毕竟以前也没有打过交道，互相都不是很了解，于是处处提防的于菲菲就婉言谢绝了他的好意，当她抬起头看到那张七分俊俏三分傻气的笑脸时，她犹豫了片刻。他见状立刻对面前这个楚楚可怜的女孩说，用哥哥关心妹妹的语气：

“这雨看起来一时半会应该不会停的，而且越下越大，衣服淋湿了会感冒的，那种滋味很难受的，我知道你不好意思，一回生二回熟，你要是真的不愿意到我的伞底下来躲雨，我走了，你就等着被淋成落汤鸡吧！”王博众摆出一副假装生气的模样。

女孩看到他那副漫不经心，仿佛又若有所失的表情，和坚毅而又清澈的眼神，感觉他很温柔很体贴。她不知道他是家中的独生子，看到女孩这副模样，就像看到自己的妹妹一样亲切，只是想尽一个兄长的职责而已。

女孩起初有点莫名其妙，后来心想有缘千里来相会，无缘对面不相逢。仔细打量了一番之后，就答应与他同行。

王博众：“那个谁，为了让你觉得和我在一起不无聊，我给你讲个故事吧，有没有兴趣听？”

于菲菲：“好啊！好啊！真没看出来你这人不仅帅气爽朗，还会讲故事。好，开始吧！这个提议 pass！”

“竖起你的小耳朵，听仔细了啊！很久很久以前……”王博众还没有说完就被于菲菲给打断了，“你是想说很久很久以前，山上有座庙，庙里住着一个老和尚和一个小和尚吗？这个故事我都听腻了。”

“切，大人讲故事小孩别打岔！竖起你的小耳朵仔细听就是了。那么老掉牙的故事我可没兴趣再讲啦！我讲的这个故事很短与北京的天气有关的。”

“既然是这样我就不打断你了，讲吧！”

“很久很久以前，北京的冬天爱上了北京的夏天，可是他们始终不能相见，后来，”王博众一边绘声绘色地说，一边表演着肢体语言然后斜眼瞅了瞅女孩，“你知道后来怎样吗？”女孩不解，满脸疑惑地摇了摇头，“这然后啊！为了在一起，北京的冬天和夏天于是密谋，北京的冬天呢，就干掉北京的春天，北京的夏天干掉了北京的秋天，从此北京的冬天和夏天就永远在一起了。且夏天无雨，冬天无雪，之后他们生了个女儿叫作倒春寒，生了个儿子叫暖冬，还有一个干儿子叫雾霾，从此北京人民愉快地过起了乱穿衣服的幸福生活。”这个简短的故事王博众声情并茂用了一分钟就讲完了，于菲菲就像小时候听妈妈讲《安徒生童话》一样听得津津有味。

“没了啊？这也太吊人胃口了吧？”于菲菲刚刚提起兴趣，王博众的故事就讲完了。

“对啊！讲完了，看在你听得这么认真的份儿上，改天哥再给你讲个长长的故事。”王博众朝女孩眨了眨左眼，接着表现出一副高深莫测的表情。

就这样一路上两人有说有笑，没过多久都觉得累了，原来女孩也是一肚子的心事，此次前来后海也是为了散散心。

“站住！站住！站住！你这个忘恩负义蛇蝎心肠的小丫头！女流氓！今天总算让我逮住你了！你快把钱还给我，否则今天你就别想活着离开这里。”

这个戴黑色眼镜的高个子男生一边气喘吁吁一边语无

伦次地数落着于菲菲的过错，一只手紧紧抓着于菲菲的一只手不放。王博众这一刻惊呆了，彻底看傻眼了，心想：见过耍流氓的，没见过你这么耍流氓的，光天化日之下竟敢当众调戏民女，真是地痞流氓。

于是他再也看不下去了，连忙推了一下眼前这位陌生来客：“君子动口不动手！她现在是我女朋友，我不管你们以前经历过什么，有着多大的血海深仇，今天你要是敢给我乱来，别怪我对你不客气！”

王博众的这番话底气十足，说得眼前的这个戴黑色眼镜的短发高个子男生心服口服，他这才松手，这个男子，一看就是刚刚受了什么大的刺激，他歇斯底里一阵狂吼。

王博众一脸尴尬地瞅着于菲菲：“这到底是怎么回事？”王博众还没等到于菲菲的解释，于菲菲的脸蛋就在这时唰的一下涨得绯红，于菲菲逃跑之前向他口袋里塞了一张名片丢下两句话：“小哥，今天谢谢你的仗义解围，有机会一定好好感谢你。”

瘦高个子男生临走之前气得眼睛都快喷出火焰脸都快青了，只给王博众留下四句话：“书呆子！关你屁事！多管闲事！你给我等着！”

瘦高个像兔子一样瞬间消失的无影无踪。事后王博众也觉得今天怪怪的，难道喜欢上了今天邂逅的那个姑娘吗？不对！这不是爱，只是好感。

当他回到住处的时候，雨已经停了，雨后的空气总比平时新鲜很多，昏黄的路灯照在潮湿的路面，偶尔会有一两只流浪猫从草丛里钻出来，一看到路人经过又闪电般钻进草丛里，就像个怕生的孩子一样淘气。正准备睡觉的时候他好奇地拨通了女孩给的号码，没有打通就挂了，他只是想看看女孩的号码显示哪里的，拨通电话显示是外地的号码，他想应该是全球通，说明女孩的业务挺多经常出差。

每当上下班高峰期的时候，人们行色匆匆地挤进一辆又一辆拥挤的公交车和地铁，生怕误了上班和回家的时间。每天都有人在网上投简历、面试的，当然很多公司写字楼下的垃圾桶里每天都会塞满面试失败的简历。

一想起北漂，王博众感慨万千，总想一吐为快。首先想到的是火车站候车大厅外背着行李流离失所席地而卧的人；烈日炎炎的正午在工地上汗如雨下，为了生存和娃娃的学费，忍气吞声将形象荣辱置之度外靠体力吃饭的工人；支付不起高昂的租金，在阴暗潮湿的地下室勉强维持生活的月光族和蚁族；上班挤公交和地铁为了不迟到被老板骂，各不服输争先恐后甚至为了出一口恶气拳脚相向的年轻人。这里每天都在上演一场随时准备出场和退出的舞台剧，没蹚过这里水的人永远不会知道这里的水有多深。

王博众在这家广告公司还没有把业务做好的时候，一天去一家商场买外套试衣服的时候竟然把身份证那么重要的东西给丢了，要知道在北京这座大都市没有身份证，住宿都很难找到地方，而且那时候北京还没有开通异地挂失身份证的业务，真是屋漏偏逢连夜雨啊！这还不是最主要的，最重要的是积蓄也即将耗尽。

目前的处境让他陷入了沉思之中，他心想，即使有一天流落街头身无分文，也不会当逃兵，因为他深深地知道，只要是哪一刻他有了离开这里的念头，他就等于认输了，而且是彻彻底底地输了。

来到北京的这半年多，他深深地体会到了当家方知柴米贵的道理，即使再怎么精打细算也难以堵住这道低收入高消费的缺口。经过连续三天的考虑，他决定辞去这份工作，牛老板也是个爽快人，看他去意已决，就没有做任何形式上的挽留，直接让财务带他去办公室结清了工资，轻轻叹了口气就离开了。

刚刚离职那几天他思来想去，他原本以为当年威风八面年少轻狂的他能够不为五斗米折腰，他原本以为毕业后梦寐以求的职业生涯规划会所向披靡，他原本以为只要是英雄就不会没有用武之地。

经历了这一系列打击之后，他开始重新认识自己，反省和检讨思考人生了，他觉得之前都是把这一切想得太简单太美好了，以至于他的好高骛远不切实际的想法造成后来期望越大失望越大的尴尬现状。

这一刻他又降低了他的要求，就是找一份能够管温饱的工作。刚刚投完简历没有多久，一家传媒公司的人事部打来电话邀请面试，这是北京一家文化公司经营的一份经济类报纸副刊需要一名文字编辑，他原本是想找一份能解决温饱的工作，他的想法也算是缓兵之计，但是火车不等后来人，他渐渐地感觉到时间的紧迫和危机感。如今正像有一股冷空气即将向他袭来，衣衫单薄的他目前唯一所想的就是必须抓住一根救命稻草。

面试他的是一位二十多岁身材苗条端庄秀丽的姑娘，戴着一副黑色镜框，没有镜片，画了淡淡的妆，打扮得很时尚，这位人事部经理名叫赵飞燕，在这家传媒公司任职已有两年左右。王博众敲门走进人事部的办公室时，主编助理小卉端来了一杯刚刚从饮水机里接好的开水，看到王博众那一瞬间眼睛一亮，每次见到帅哥，小卉都会抑制不住那副花痴的表情。

走到宽敞明亮的办公室门前，礼貌性地说了句："慢用。"

王博众小心翼翼地把简历交到了眼前这位青春奔放天使面容魔鬼身材的性感美女手中，赵经理也被王博众风度翩翩英俊洒脱的形象和气质所吸引，大致扫了一遍简历的内容，问了几个基本面试闯关必过的比较有挑战性的问题，王博众以自己的学识和才智对答如流，但是在回答问题的过程中暴露了那股势不可当的锐气，这让面试的赵经理有点反感，但是没有表露出来。

赵经理思索了一分钟，温和地对王博众说："以你目前的外表、文字功底、口语表达和待人接物，我们没有理由拒绝你这位才华横溢的年轻人。但是考虑到你工作经验不是很丰富，如果你不介意可以先做我们报纸的校稿员，明天就可以来公司上班，有双休，朝九晚六，试用期工资两千一个月，转正后有五险一金，两千五底薪加绩效加提成和餐补。等你三个月的实习期通过之后，我们会对你的工作进行考核，考核通过你就可以担任报纸副刊文字编辑。"赵经理之所以这样做自然有她的道理，毕竟跟王博众萍水相逢，往日无冤近日无仇的，不是为了打击报复他，纯粹是想压一压他的锐气。

对于一个即将落魄到身无分文的年轻人来说，现在已不再是有资格讲究挑剔的时候了，哪怕这次给他安排个报纸发行业务员的工作岗位，他也会感恩戴德甚至感动得涕零泪落的，因为只要有一份工作就能在北京活下去，他常想只要还活着，终会有出人头地扬眉吐气的那一天。

上班的前一天他把闹钟调到了周一到周五早上七点半，周六日八点半，六点半他醒了，看了看手机还没有到起床的时刻，于是果断的闭上眼睛继续睡觉，当闹钟将他从酣睡中唤醒时已经七点。

经历过这些事，他每当想起当初在校期间没有任何社会实践经验的时候总想大哭一场，然而北上广深杭都不相信眼泪，眼泪解决不了任何问题。

上班的第一天，他提前半个小时来到了办公室，主编助理小卉给他培训校稿员的职责和任务以及注意事项，并给了他一份这家传媒公司旗下的报纸副刊样刊一份，小卉把该交代的事情交代完就回到自己的电脑桌旁为主编查一些重要的资料。

上午九点半左右，一个四十来岁的中年男子走进了编辑部办公室，此人相貌堂堂，短发，西装革履，挺着个啤酒肚，一看就是经常有应酬中年发福。

小卉在耳边悄悄私语:“这位就是我们的副刊袁主编。”袁主编看了王博众一眼，觉得这小伙很面熟，一时半会儿怎么也想不起在哪见过，王博众看到袁主编也有一见如故的亲切感，就这样两人的关系亲近了很多。

袁主编连连称赞王博众;“我看你今后必定前途无量！我老袁从来就没有看错过一个人。”面对袁主编表现出一见如故的热情和赏识让王博众顿时受宠若惊。

他心想，难道这位就是我生命中的贵人吗？正在发呆的时候，袁主编走过来对王博众说：“年轻人，你如此有文采，有梦想一定要坚持！哥相信总有一天你会在北京闯出一番天地。”

下班的路上，他接到了对他时冷时热保持一年多恋爱关系的女友提出和他分手的消息。

那一刻，如同晴天霹雳般让他措手不及，女友告诉他已经有喜欢的人了：“王博众，我们分手吧！你会找到更爱你的那个人，就这样好聚好散吧！”

也许当一个人不想和你在一起生活的时候，即使你为她付出所有，她也不会在乎你的感受了。那段时间他们时常为一些鸡毛蒜皮的小事争吵，几次分分合合，那些美好的记忆常常不请自来，即使分开后偶尔还会在梦中浮现，他知道这样食之无味弃之可惜鸡肋般的爱情他早就受够了。

是什么理由让他低三下四委曲求全坚持到现在的呢？是当初那份年幼天真许下的海枯石烂不离不弃的承诺？还是恋恋不忘的的一片痴情？

这时候他突然想起父亲以前跟他说过的一句话：“当一个女人不爱你的时候，即使你身上的肉都给她吃了，还嫌你骨头多呢？”这是过来人的经验，同时又是多么痛的一次领悟！

他不甘心，连忙给女友打电话问清原因，一连拨了六个电话对方都没有接听。晚上王博众喝得大醉，醉眼迷离之际他仿佛又看到了昔日恩爱的画面。

曾经在网络原声带电台听过女主播楚漓讲过这么一个关于爱情感悟的故事《一个人一座城一生心疼》，那段话浮现在他耳边："还记得就是因为要和你在一起，撒过多少个谎？做过多少次抵抗吗？还记得漫步街头两手相牵数过多少星星吗？还记得那些说过的狠话做过的傻事流下的眼泪吗？还记得那个熟悉又陌生的手机号码在键盘上删了又加加了又删多少次吗？一座城市见证了太多人的分分合合甚至生离死别。"

回忆要怎么割舍？他们在一起的一年多经历多少次分分合合？经历过多少次浪漫温馨感动？他为了见她一面，买不到坐票就买火车站票连夜赶回她的家乡去找她，两三天后又匆忙回去，每次都会给她带上喜欢吃的零食和礼物，偶尔也会给她买一件漂亮得体的衣服。当他合上手机的刹那，终于忍不住潸然泪下，难道他们经营一年多的感情就这样输给了父母的包办婚姻吗？他越想越是不平衡。

在朦胧的泪水中他再次想起了当初她撒娇对他说过的每一句俏皮任性的话，第一次约会是在一处郊野公园，他第一次牵着她的手走过的每一条林间小道，她荡过秋千的地方，多少次久别重逢抱在一起亲吻的瞬间，那天晚上她为他包藕合一不小心，在切藕片时切到了手指，他慌忙背着她去医院包扎伤口的瞬间，还有她为他包过的最拿手的韭菜猪肉馅水饺。

那天晚上她在他住的地方吃完饭躺在他的怀中，轻声告诉他："亲爱的，你是这个世界上除了爸妈最爱我也是我最爱的人，跟你在一起，即使吃馒头咸菜，我也无怨无悔，这辈子跟定你了。”

紧接着又一个短暂的回忆片段在脑海中闪过，那次她从山东老家回来，看他把屋子收拾如此干净整洁，半开玩笑半认真地对他说：“哎哟，把屋子收拾这么干净干吗？该不会是已经打算迎接下一位了吧？”

可是在残酷的现实面前，在家人亲友的咄咄逼人一致反对的压力之下，她还是妥协了。他曾经对她说过只要是钱能解决的事情都不是问题，现在最头疼的问题是拿不出她父亲提出的巨额彩礼加一套房子的首付款，何况他家里上下也不会有一个人同意他给她家当上门女婿。原以为他们只要心在一起就能够克服重重困难，轰轰烈烈地爱一场，原以为他的爱情也能够像小说中描写的那样惊天动地海枯石烂。

夜深人静的时候，他睡意全无，披上外套一个人走在冷清的街道上，像个失魂落魄的浪子，他在心里不停地告诉自己不能再这样堕落下去了，一定要振作起来，不能为了一个女人误了自己的事业和一生。

他是个有梦想爱幻想的人，常常幻想哪一天咸鱼翻身，拥有一份自己的事业、一家自己的公司和旗下的子公司、一套优雅宽敞明亮的大房子，品着五六万一瓶的 1982 年法国红酒拉菲，有一个善解人意贤惠美丽的妻子和一帮生死之交的兄弟。

熙熙攘攘的年轻游客穿行在三里屯酒吧街，他行尸走肉般地走着，这时候华灯初上，王博众无精打采地走进一家酒吧点了一打鸡尾酒，坐在一个角落独自发呆，百无聊赖的王博众最难理解“深夜，一个男人回家的恐慌”这句话的深层含义。

他在北京无亲无故，不想早回家，于是继续在大街上游荡，迎面而来的全部都是三三两两至交好友和成双成对的小情侣，这一点让他挺尴尬的，他给任世嫣打电话，不巧的是任世嫣的手机暂时无人接听。

又去了三里屯酒吧街，随便找了一家酒吧，一进门他惊呆了，他看到上次在后海的女孩于菲菲正趴在桌子上喝闷酒，有点不敢相信自己的眼睛，他到吧台点一杯爱丁堡鸡尾酒，然后走到于菲菲的桌子旁坐了下来，这时的于菲菲已经喝得意识模糊，竟然把王博众错认成前男友了。

于菲菲：“亲爱的，你终于想通回心转意来找我了？快坐到我旁边，来，我们干一杯，喝个交杯酒，今晚不醉不休。”

王博众惊讶地打量着眼前这个小酒鬼一眼，故作不认识她，反问了她一句：“姑娘，我们认识吗？你是不是认错人了？”

于菲菲：“你这个没心没肺的小兔崽子，分手后竟然一年左右都没主动联系我！自罚三杯我就原谅你了。知道今晚我为什么会来这里吗？”

王博众：“不知道。”

于菲菲：“把耳朵伸过来，姐告诉你一个秘密。”

王博众：“什么秘密？这么神秘。”

于菲菲：“今晚送我回家就告诉你。”

王博众：“你不怕我是坏人把你给卖了？”

于菲菲：“坏人都长得像你这么帅吗？如果真是这样我就认了。”

王博众：“看人不能光看外表，别喝了，我送你回去。”

于菲菲：“别管我！我还能喝，喝喝喝喝喝喝。”

于菲菲说完就歪歪扭扭起身往外走，紧接着任世嫣从酒吧的另一个角落悄悄走到王博众旁边，端起王博众桌上的那杯酒一口干了。

任世嫣：“博众哥，这么巧，你也在这里？那个小狐狸精是谁啊？”

王博众：“这天底下没有完全相同的两片树叶，只能怪她长了一张大众脸。”

王博众若有所思地说完就准备离开，任世嫣连忙冲上去从王博众身后抱住他不肯放手。

任世嫣：“博众哥，你别走，我有话跟你说。”（万分着急）

王博众："放开我，我还有事，改天再说吧。"

任世嫣："今天晚上我手机没电了，我就耽误你一两分钟，为什么每次看到我就像躲瘟神似的呢？"

王博众："因为我们不是一路人，你是任氏地产的千金，而我只是一个除了梦想一无所有的北漂。"

任世嫣："你以为每一个女孩都是你想象的那么现实吗？博众哥，我可以抛弃我所有只要能跟你在一起！"

王博众："别傻了！我不想浪费你的青春，长痛不如短痛。"

任世嫣："那我也不管，我就要跟你在一起！"

王博众头也不回地走出酒吧。任世嫣待在原地泣不成声目送他离开，然后打了个出租车紧随其后。

半路上，又有一个女孩子上了王博众乘坐的出租车，王博众一看竟然是曾经追求过他的一个学妹李佳，于是打算先把她送回去自己再回去。

李佳："谢谢你今晚送我回家。"

王博众："有缘我们一定还会再见的。"

李佳："就送到这里吧！你也早点回去休息吧！"

王博众："朋友一场，应该的。李佳，你等一下，你是个很好的女孩，但我不想伤害你。"

李佳："你真的是师兄，博众师兄？"

王博众："是的！"

李佳："都这么多年过去了，难道你一直把我当普通朋友吗？"

王博众："你说得对！我对你只有友情没有爱情。"

这时任世嫣悄悄走了过来借题发挥："呦，没看出来啊！还挺会怜香惜玉的嘛。"

王博众："朋友之间就应该互相帮助，嫣嫣，你先到一边等我。"

李佳："既然你那么喜欢她，为什么不直接跟她表白呢？！你每次都隐藏得那么深？每次都装作满不在乎的样子。博众哥，你欺骗得了别人，欺骗不了你自己。"

王博众："李佳，你根本不知道我们王任两家有着怎样的恩怨情仇，三十年前，我们王任两家原本是亲家，当时我二叔和她姑姑非常恩爱，后来因为感情出了一些问题，她姑姑一气之下寻短见走了。这对任何一个家庭来说都是莫大的伤痛，而这十几年嫣嫣对这些一无所知。"

李佳："没想到你们两家还有这么深的恩怨，博众哥，过去的就让它过去吧，博众哥，要不今晚你就留在这里吧！"

王博众思考了七秒钟，还是决定回自己住处了。

任世嫣刚回到家中就被她母亲发现喝酒了，她的父亲正坐在沙发上看当天的报纸，她的母亲在一边化妆，看到女儿回家后瞬间心花怒放。

任世嫣母亲："女儿，怎么这么晚才回家？还一身的酒味，一个女孩子在外边注意点。"

任世嫣："心里不舒服，喝两杯。"

任世嫣父亲："女儿，谁欺负你了跟爸爸说，爸爸替你讨回公道。"

"算了，解铃还须系铃人，我先回房休息了。"任世嫣说完起身就走。

任世嫣母亲："这孩子，真是的，一点都不听话。"

任世嫣父亲："这就是女大不中留啊！"

这时候任世嫣的母亲又走到了任世嫣的房间问："女儿，老实交代是不是谈恋爱了？"

任世嫣："哪有？您想多了。"

任世嫣母亲："你是我的亲生女儿，还能瞒得住你妈我这双火眼金睛吗？哪天介绍给我们认识一下吧！对方家庭背景如何？我跟你爸都是过来人，也好给你把把关。"

任世嫣："一般般吧！"

任世嫣母亲："我们任家在北京这么多年也算是上流社会有头有脸的人家，如果真是穷小子想都别想，以后你嫁给他肯定会吃苦受罪的，你应该知道什么叫作'贫贱夫妻百事哀'吧。"

任世嫣："妈，您看我都这么大了，就不能让我自己做一回主吗？我的人生大事希望你们不要干涉！我累了，这辈子非他不嫁，即使全世界都反对我也要和他在一起。”任世嫣说完就蒙头装睡。

任世嫣母亲：“不听你妈的，以后有你哭的。”任世嫣母亲说完也离开了任世嫣的卧室。

经过那次打击之后，任世嫣去了另一个城市创办了一所爱心希望学校。

上班的第二天王博众还是比公司其他的员工来得早，这一点让袁主编特别欣赏，他心里也明白王博众是十分重视这份工作。这天上午工作不是很忙，袁主编带他去了一个客户那里谈一笔生意让他增长点见识。另一家商业杂志的于主编想约袁主编在某咖啡厅探讨广告投放收费的业务，并带来了一份比较正式的合同，因为袁主编和于主编曾经是大学同学，还在一个寝室住过，两人的感情很深，甚至到了无话不谈的地步，一有重要的项目两人都会叫来对方共同商议，每次都谈得很投机。

于主编旁边带了个二十多岁如花似玉的姑娘，“这位是？”袁主编欲言又止，一边对于主编眨了一下眼睛。

于主编看袁主编误会了，连忙向袁主编介绍：“老袁，这是爱女，菲儿，今年二十一岁了，快叫袁叔叔。”于菲菲也很懂事，微笑着喊了一声袁叔叔好，连忙给袁主编倒了一杯茶，又回到原来的座位上。

“没想到几年没见你的宝贝女儿都长这么大了。”

“是啊！袁兄真是贵人多忘事。”于主编脸上顿时露出丰富有趣的表情。

“这位是？”袁主编笑着说：“这位是报社新来的小王，一个大学刚毕业就放弃继承家族企业独闯北京、才华横溢很有进取心的青年才俊，这次带过来主要是让他熟悉一下与广告客户谈生意的方式和过程，以后有广告方面的业务和任务的时候他也镇得住场面。”王博众一看这个小姑娘好眼熟，女孩看到王博众也很惊讶。

王博众和于菲菲不约而同地说了一句：“怎么又是你？真是冤家路窄！”

于菲菲说：“这么巧！”立刻伸出右手要和握手并非常真诚地面带微笑感谢他上次为她解围之事，没想到他们会在这样的场合再次遇见，两位前辈看这两个年轻人认识，于是就重新找了个办公室，给两人单独聊天的机会。

后海那一别至今快有半个月了，自从上次分别之后，于菲菲无时无刻不在想念着王博众，三里屯酒吧醉酒的事于菲菲早已忘得一干二净。即使她给王博众留了联系方式告诉他有事可以给她打电话，像王博众这样自尊心强的男生，无论学生时代还是独闯北京当北漂，就算身无分文也不会求助一个萍水相逢的女孩，更何况两人只是在后海匆匆的一次邂逅。

经过一番谈话，王博众了解到于菲菲的母亲在北京一家私立学校当语文老师，于菲菲比较擅长钢琴弹奏，在校期间与几个闺密开了一家礼品店，生意正当如日中天的时候，意外发生了，一场火烧毁了店内所有的库存和柜台礼品，损失惨重，她的闺密陆续退出了这个创业的团队。

虽说留得青山在，不怕没柴烧，但是于菲菲已经读大四了，下半年还得要准备毕业论文、毕业汇报演出和钢琴专业八级，所以暂时忍痛割爱放下了那个礼品店，专心投入到自己的音乐专业技能训练中，她训练唱歌、跳舞以及钢琴弹奏，经过一番刻苦练习果然通过了钢琴专业八级，后来毕业半年左右由父母出资在家附近开办了一个钢琴辅导班。

北京的冬天说来就来了，总会让很多漂泊在外的刚刚来到北京的年轻人感到措手不及。北京的冬天比王博众的南方老家要来得早很多，北方的气候很干燥，经常会有雾霾，雾霾笼罩下的北京都快可以与闻名中外的雾都伦敦相提并论了。

那是王博众在北京度过的第一个冬天，他买不起高档的补水霜，更买不起名牌衣服和鞋子，平时囊中羞涩的他都不敢经常逛商场，因为他觉得那都是有钱人经常光顾的地方，每次逛商场看中一套衣服或者一双鞋子都会在原地犹豫逗留很久也不舍得买。每当雾霾来临之时，一部分人即使百无聊赖也会选择宅在家里看书、上网或者发呆，很多上班族在上下班外出的时候都会戴上防雾霾、颗粒和灰尘的口罩。

一个人不管是多么的成功高贵还是卑微弱小，都有着自己的一片精神后花园，这里是最最真实的内心世界，有人在这里疗伤，有人在这里放纵，也有人在这里迷茫。在这里的秘密我们不希望被任何人知道，更不希望被任何事所打扰，就像一个筋疲力尽的人躺在湖中的一叶扁舟上，什么都不用管，什么也不用想，任凭它漂向哪里一样。

有时候他觉得爱情就像是一件特别昂贵的奢侈品，又像是一个脆甜可口看起来很诱人瞬间就会化的冰激凌。有人说一段爱情正常情况下新鲜感和保质期很短，经营不好的感情短到只有可怜的三个月而已，在这个变幻莫测的社会里，有人认为感情一文不值，再信誓旦旦的诺言也经受不住赤裸裸的现实的攻击，物质和精神哪一天一旦出现匮乏，意志很快会松垮。

尽管他每天工作都是按时上班下班有时还加班，与同事们相处得也挺融洽友好，而且眼看三个月的试用期就结束了，人事经理承诺的晋升考核一直没有进行，这一点让好几次粮草殆尽的他心乱如麻。

一天晚上他来到了北京最大的社区天通苑地铁站天桥下散心，这里热闹非凡的场面让他好几次路过都流连忘返，他这次来就是顺便看看这么多灯火通明摆摊的小贩和过往的行人，这里的人流量比他想象中还要大，每次地铁到站都会下来一大拨人，多到一人吐一口唾沫就能把一个人给淹死的程度。

走着走着他被地铁出站口一个长得白白胖胖、企鹅肚、水桶腰、大象腿的贴膜哥胖子所吸引，夜很冷，行人的脚步很急，胖子一边坐着一边大声吆喝着：姐，贴膜吗？哥，贴膜吗？叔叔，贴膜吗？阿姨，过来贴张膜吧！

就那么一个小时左右的时间胖子挣了将近两百块钱，正当他暗自敬佩眼前这个陌生的贴膜哥胖子的时候，让他觉得不可思议的另一件事情发生了，不知从哪里冒出来一个人一脚踢翻了胖子的桌子，胖子立刻站了起来，另一个贴膜同行看胖子两个人没有敢动手。

因为昨晚刚刚下过雪，今天又有阳光晒了一天，积雪融化后路面显得很潮湿，就看他桌子上的手机膜撒了一地而且全部都被路面的泥水弄脏了，当时好多下班的路人在围观这惊心动魄的一幕，一时让理屈词穷的贴膜哥胖子颜面扫地，无地自容，只有灰溜溜地骑着R9摩托车狼狈逃脱，贴膜哥胖子一边骑车一边对王博众说：“认识我，你等于抱了个金窝窝。”

那一次回去后，一个贴膜的想法在王博众的脑海中跳动，以他的个性和脾气根本就不适合做这行，男人就应该对自己狠一点，这句话他经常会听到朋友说，也许人都是在逆境中逼自己一把才能知道自己到底有多大的潜力。

那年冬天他向朋友借了五百块买了一辆二手电动车，正是雪后的第二天，他在晚上下班骑车回家即将到住处的时候，由于路面结冰湿滑一下摔在了地上，摔得膝盖和脸上当时就脱了一层皮，趴在地上足足两分钟才爬起来，第二天他一气之下找了一家回收二手电动车的维修店只卖了二百六十块钱，然后去批发市场批发了两百张手机膜。

来北京的第一个冬天他混的很狼狈，死要面子的他过年都没敢回家，他听说贴膜是一份高收入的工作，对于一个沦落天涯的书生来说，这不得不算是个挣外快最快捷又不违法犯罪的最好的兼职，自从贴膜小生意被媒体曝光之后，兼职贴膜对于一批又一批心高气傲缺乏社会经验和工作经验的大学毕业生来说是一个最理想的选择。

一个小板凳、一把手术刀、一瓶清洁剂、两块干净的抹布还有几包 11 号手术刀片和几包常用的各种各样品牌手机和电脑膜，不需要高昂的租金和代价就可以开始底层的艰苦创业。

那一天晚上，年关将至，外边很冷，几乎所有根据国家法定节假日休息的事业单位和大小公司都放假了，人们早已提前预定好回家的车票，该回家过年的已经回去得差不多了，包括霸占天通苑地铁站天桥下的胖子也早已消失得无影无踪。

当暮色降临之时，这里的街道似乎比以往空旷了很多，每当一辆地铁到站之后出站的人都比以往少了至少有三分之二，昏黄的路灯照在树下的人行道旁，放眼望去只有两个烤面筋和卖小吃的小贩还没收摊。

他特意买了一张桌子，加上上次从批发市场批发的那些手机和电脑膜，摆上桌子就准备开工。也许是生活所迫，他忘了自己以前还没有给别人贴过膜，第一个找他贴膜的是一个二十多岁打扮很时尚的女孩，性格看起来很开朗，拿的是一部黑色苹果 5 手机，要贴三十两面的那种高清膜，讲价讲了有五六分钟他才勉强答应给她贴，由于没有路灯和清洁剂，再怎么认真仔细都贴不好的。

因为从来没有贴过膜，他给那女孩贴膜的时候冻得手都在发抖，他把真正的那层膜给撕掉扔了，把不是手机膜的那层贴在手机上，贴得全部都是气泡，弄了半天也没有处理掉，后来那女顾客急了：“哥们，到底行不行？”又过了三分钟，还是这样，气泡几乎一个都没有少，女孩忍无可忍拿起手机把膜果断撕了扔在地上。

女孩不怀好意地说了句伤人自尊的话：“就你那技术，不会贴膜就不要出来丢人，我不贴了。”说完钱也没给就扬长而去。这一幕就像一记巴掌狠狠地打在了王博众的脸上，这一刻他的泪水在眼眶里打转。

那天晚上他做了一个梦，梦中他只是听到了一个很响亮很严厉而且还带有些许斥责的声音说："你要耐心等候！"惊醒后他久久难以入眠。

笑到最后的人笑得最甜！困厄只是暂时的，无论遇到多大的挫折，每天的太阳都会照常升起。王博众对着镜子自己给自己鼓励："这个时候，你最应该给自己加油喝彩了！一切都会好起来的。"

那年冬天于菲菲和她的父母也没有回老家过年，一天傍晚于菲菲给他打来了电话："博众哥，你在哪呢？最近还好吧？怎么这段时间一直没有你的消息？我以为你人间蒸发了呢！今年过年回家吗？"于菲菲的语气很温柔，温柔之中还带有几分俏皮可爱。面对如此体贴的女孩他真的不忍心伤害她，他的心里一直还藏着另外一个人，尽管对这个女孩也有好感。

"哦，我没事，只是最近情绪有些低落，想一个人静一静。"王博众说。

"有什么不开心的事可以跟我说说，说不定我能帮上你呢？是不是又想起她了？"于菲菲关心地问。

"一个得之我幸失之我命每次走后都会让我寝食难安的女孩。"这样的形容明显让于菲菲感到这个女子在他心目中的地位和分量。

她有点吃醋却故作镇定地给他吟诵了北宋词人晏殊的那首《浣溪沙·一向年光有限身》中的三句："满目山河

空念远，落花风雨更伤春，不如怜取眼前人。”

她知道既然爱上了他就没有后退的理由，她是个争强好胜的女孩，只要是她想得到的东西从来都没有失手过，她也深知作战之术攻心为上，感情的事不能勉强，很多心不在一起的恋人，最后即使结了婚有了孩子照样离婚分道扬镳。

于菲菲是个很有主见有个性的女孩子，不会勉强一个人来爱她，而是改变自己尊重他的选择，让他最后心甘情愿地爱上她。她出身书香世家，家教特别好是个通情达理的傻白甜，而且还是家中的独生女，自幼被父母宠着长大的，而且没有一点的坏心眼，性格开朗随和所以人见人爱很受欢迎，她刚刚认识王博众的时候就对他产生了一丝好感。起初只是想和他交个朋友，没想到相处一段时间之后慢慢地暗恋上了他，但是现在还不是表白的时机，她越是喜欢越是试着掩藏着尽量不让他看出来她很爱他。每当两人偶然遇见时她都会多看他几眼，仿佛每一次的分离都是为了下一次的重逢埋下的伏笔，她的直觉告诉她从他坚毅的眼神中可以看出他是一只潜力股，正直、诚实、坚强而且有责任心，是个值得托付终身的男人。

第2章

落魄江湖载酒行

然而故事中的主人公也好，生活中的我们也罢，仿佛每个人都有每个人不可扭转的命运，都不能完全按照自己的心愿去过自己想要的生活，也许我们都曾天真地想过拥有一段刻骨铭心地老天荒的爱情，想过和各自心目中的白马王子还有白雪公主过上与世无争幸福快乐的日子，当命运的风暴再次不期而至向单薄的我们袭来的时候，又有多少信仰之帆能真正经受住它的摧残呢？

——题记

面对于菲菲和她的闺密好友四面八方联手强攻，王博众虽然表面看起来波澜不惊，但是内心已经惊涛骇浪，可他又不得不一次又一次筑牢心底围墙。

这个冬天是他有生以来独自在外度过的第一个冬天，他都不敢再往下想接下来迎接他的将是意外还是惊喜。他觉得每走一步都如履薄冰，时间好像在这里停了下来。

在北京这样的一线城市，也许是生存压力，也许是本能的反应，这里的人一个比一个能拼搏，在这个人才济济的大城市，人们感觉到一旦松懈下来，随时都有被淘汰出局的可能。为了不丢了饭碗，很多人为了一份好工作几乎挤破了脑袋。走在北京的大街小巷上，他看见过往的行人和车辆无不为生计而奔波忙碌着，在这里很少能看到一个真正的闲人，俗话说得好：“物以类聚，人以群分。”

在这座灯红酒绿充满诱惑和物质享受的快节奏大城市里，也不乏成千上万的剩男剩女，他通过和一些人接触发现，一个人的生理年龄和心理年龄不是完全成正比的，有些都快 30 岁的人了依然童心未泯，心理年龄还停留在 20 岁左右。

年前北京飘起了鹅毛般的雪花，王博众正望着窗外发呆，这时候他拨通了家里的座机。他的父亲没有接到，之后，又给他回了一个，第一句就问："怎么这么久没有给家里打电话？在北京那边还好吧？身上的钱还够用吗？"

父亲这番关心的问候让他顿时哑口无言，他原本想说用你管啊？不是要跟我断绝父子关系的吗？他一想到父亲已经越来越老，还是勉强装出很镇定的样子，忍住即将失控的泪水说："爸，我还好。"

"一个人无亲无故的在外边闯很不容易，人家小孩都在上海或者浙江或者南京离家近的地方，你跑那么远，既然你心意已决，我也不会再阻挡你做任何你想做的事。没钱的时候记得说声，你一个人在外边好好照顾自己，有机会我会去北京看你。"父亲的语言很平淡却无比的真实。

父子俩平时很少聊天，毕业之后因为在北京不是很顺利很少给家里打电话，父亲因为公司的事经常出差，这时候该忙完的都忙完了，他犹豫了好几天才决定给家里打这个电话报平安。

王博众这时突然回想起之前有一次因为一件小事顶撞父亲，父亲当时恶狠狠地在电话里对他说："以后你挣你的钱，我一分钱不用你的，你毕业后我也不会再给你一分钱！是个男子汉大丈夫，自己想要什么东西，自己努力争取创造去。”王博众的父亲虽然生气时说过这样绝情的话，但是如果哪一天他真正遇到苦难的时候父亲也不会置之不理。

当他回过神来，地面已经落了厚厚的一层积雪，这时三年前的一个情景突然闪现在他脑海中：“师兄，你看远处那一树盛开着的蜡梅花开得多漂亮啊！我好喜欢，你能帮我摘一枝吗？”没想到外表如此冷漠高傲的杨玉莲也会喜欢蜡梅花。

三分钟左右，王博众捧着洁白的蜡梅花来到这个小学妹身边，开始讲故事。可能是王博众讲的故事太有感染力了，这时候已经有很多同学悄悄地溜到他们身后听王博众讲故事。讲着讲着，王博众突然想到今晚还有一件比较重要的事没有处理完，赶紧起身，意料之外的一幕发生了。

王博众着急没看脚下，一个踉跄摔了个四脚朝天，让眼前这个调皮可爱的小学妹顿时笑得前仰后合，令这个女孩感到欣慰的是喜欢的那一枝蜡梅花还在王博众的手中，让人更加感到神奇的是这枝花竟然丝毫未损。

“需要我拉你一把吗？”

杨玉莲一边说着一边伸出了那双藕一样白的纤纤玉手，王博众拉着她的手起来后，杨玉莲为他打理了一下身上的积雪，轻轻地说了声谢谢，拿着王博众为她摘的这一枝蜡梅花就慢跑着离开了。王博众当时心里有点不舒服，原本打算交个朋友，没想到她一个联系方式都没留就傻笑着离开了。杨玉莲走了没多久，突然从他身后冒了出来。

杨玉莲看他有些失落，就告诉他："喂，那个谁，学校就这么大点地方，有缘我们还会碰面的。我是学音乐专业的，师兄，哪天如果特别想见我，可以到琴房或者新校区图书馆自习室二层找我，这两个地方都是我常去的地方。"

王博众正沉浸在对昔日女友的追忆之中，于菲菲的一个电话打了过来。而此时此刻于菲菲正站在他家窗外一边看着他一边给他打电话。"喂，小样，说你呢？这几天干吗去了？怎么又玩失踪啊？你现在在哪里？陪我到公园散散步好吗？"这一刻他的心就像一颗石子被丢进了一片幽静的湖，激起了层层的心事，漂泊的心再也无法平静。

"我没事，天冷了，你多穿点，好好照顾自己。就是这几天累了想一个人静一静，能改天再陪你出去散步吗？"王博众有气无力地说道。"不行，今天你必须陪我，不然以后再也不会见你，再也不想看到你。"

一向没心没肺的于菲菲也快要发飙了，王博众不想失去她这么好的一个朋友，就好奇地问："你现在在哪里呢？都这么晚了究竟是什么烦心事让你睡不着啊？"

"我当然是远在天边，近在眼前啦。你把房门打开就可以看到我了，我都站在你家门外十分钟了，你这个书呆子竟然都没有发现我，刚刚发呆在想什么呢？这么早就把门关上怕别人打劫啊？”于菲菲调侃地问道。

“啊！这都被你看到了，我不像你，我没有钱又没有色，谁那么无聊打劫我？除非你这样调皮可爱的小姑娘拿美人计来诱惑我，一般的小姑娘我可看不上。”

于菲菲被王博众这么充满挑逗的话语说得顿时脸红心跳，心想之前的他一直一副面瘫的表情，平时也很少见他如此幽默有趣地说笑，于菲菲今晚感到很意外，于是也开玩笑地对他说道：“你是不是今晚吃错药了？平时你可不是这个样子对我的，快说你的心里在打什么不可告人的小算盘？不然今晚你别想睡了。”

“呵呵，如果你不喜欢我对你好点，那我以后还是对你一副爱答不理的样子。”

这一刻，王博众觉得于菲菲就像是脱胎换骨变成了一个性格凶悍泼辣的母夜叉，让他的心里直打战，面对于菲菲的时而开玩笑时而认真的质问，王博众回答得很淡定。

“对了，菲菲，我们言归正传，你今晚找我有什么事吗？谁告诉你我的住址的啊？”

“你忘了你面试时留的住址了吗？是你的顶头上司袁主编、我的袁叔叔告诉我的，像你这样一个神龙见首不见尾的神秘人物，我跑到哪里去找你啊？”

于菲菲想吃红烧排骨、蒜泥圆生菜，就叫道：“博众哥，给我做一盘蒜泥圆生菜、一盘红烧排骨，古井贡酒年份原浆一瓶，速度点，味道重点，不要太清淡！半小时之内必须给我上齐。”

“好嘞，稍等，马上就来。”

王博众立刻像个掌勺的大厨一样穿上围裙干起活来，住的地方有电磁炉，做菜比电炒锅速度要快很多，大概二十分钟菜品全部上齐。王博众的第一道菜刚出锅，于菲菲就用手拿了点放在嘴里，顿时她惊讶地发现王博众还有这么出类拔萃的烹饪天赋，赞不绝口地说：“好吃！好吃！真好吃！没想到你小子不仅上得了厅堂还下得了厨房，哪个小姑娘有福气找到你这个男朋友肯定会每天幸福得笑醒了的。”

于菲菲要把这顿饭钱给王博众，王博众说什么也不肯收。于菲菲温和地对他说：“博众哥，你就不要打肿脸充胖子了，我知道你现在刚刚毕业一个人来到北京，经济上虽然是独立了，但总体来说也不是很宽裕。这顿算是我请你的，等你哪天宽裕了发财了成老板了，我再好好搜刮回来。”

于菲菲的这番话说得王博众心花怒放心服口服，给足了王博众面子又给了他台阶下，于是王博众就不再推辞。

“博众哥，你知道现代版新好男人的‘三从四德’吗？”

“我说于大小姐，你听谁说男人还要遵守三从四德的？”

“OUT了吧？那就让我来告诉你现代版新好男人的三从四德：女朋友出门要跟‘从’，女朋友命令要服‘从’，女朋友讲错要盲‘从’，此乃三从！女朋友化妆要等‘得’，女朋友花钱要舍‘得’，女朋友生气要忍‘得’，女朋友生日要记‘得’。此乃四‘得’！加在一起就是三从四‘得’了。”这是众多网民投票百分之百通过一致认可的金科玉律！于菲菲早已烂熟于心张口即出，“我看你还有什么话说？王博众我看你以后到底是从还是不从？”王博众被于菲菲这个爱八卦的网虫说得一愣一愣的，无言以对，只能点头默认。

酒过三巡，杯盘狼藉之时，王博众先倒了下来趴在桌子上很快就睡着了。于菲菲看他是真的醉了，就把他扶上了床，脱掉鞋子盖好了被子，洗干净了盘了和碗就悄悄地关上门打车回去了。

第二天一早于菲菲又给王博众买来了早点，王博众醒来后看见于菲菲特别惊讶，连忙不安地问于菲菲：“你怎么在这里？昨晚我喝多了，我们没那个吧？”王博众一边说一边盖好了被子，原来昨晚王博众喝多了，睡觉前被于菲菲脱得只剩下一套睡衣。

王博众见于菲菲低头偷笑，忍不住又问了一句：“咱俩不会真的……”

“小样，想什么呢？你以为我是那么随便的女孩子啊？我昨晚帮你收拾了一下屋子就打车回家了，我是今天早上开我爸的车过来的。赶紧趁热和我一起吃早餐吧！”于菲菲买了两碗小米粥、几根油条还有两个茶叶蛋。

“真是个贤惠体贴的好姑娘！菲菲，等我发工资带你去撸串，管够！”王博众一边说着，一边情不自禁地竖起了大拇指。

“别那么多废话，赶紧起床洗漱趁热吃吧！”于菲菲一边说着一边自己先笑了起来，王博众看于菲菲笑得那么开心那么幸福，也发自内心地笑了起来。

每次他为了一个女人伤心难过颓废成那样，于菲菲都是看在眼里，痛在心上。一开始还会上前安慰几句，后来她发现暂时离开是对他最好的安慰。以于菲菲的才艺和姿色，追她的男生都排着长队，然而自古以来人们潜意识中讲究门当户对，美人爱英雄、才子佳人更是天作之合。

北京的冬天和夏天比南方老家来得要早很多，走得就像蜗牛一样缓慢，春天和秋天快得就像羽箭嗖的一下就无影无踪了，曾经在电视里看到的新闻报道北京经常会有雾霾和沙尘暴，每当雾霾来临污染严重的时候，上下班的人们几乎都会戴着口罩，这些王博众都亲身经历过了。

春节前三天他与大学同班同学胖子竟然在茫茫人海的北京天通苑天桥下偶遇了，真是“久旱逢甘霖，他乡遇故知”。

那天中午他一个人在街边散步，突然听到后边有人喊他的名字，而且是直呼其名，当时他特别震惊，一看是大学同学胖子。经过一番交流得知原来胖子来北京也就两个月，目前刚刚上班，寄居在他表哥那里。

胖子见到王博众的第一句话就是："博众哥，读书时我见你也挺洋气的，如今你怎么混得这么狼狈，看起来一副无精打采的样子。"曾经的王博众是胖子的偶像，如今却成了同一条生存线上的蚂蚱，不过话又说回来，谁的北漂不沧桑呢？

大年三十的晚上，四面八方陆续响起了鞭炮声，街道显得特别的冷清，十分钟看不到一个人，那一批又一批北漂的人们早已聚在餐桌旁与家人共同庆祝和分享这一年的收成和经历。这天晚上王博众被于菲菲叫到家里与她的家人一起吃了年夜饭。

晚餐是在于菲菲家小区的一家酒楼订的，那些买菜做饭然后洗碗的过程都省去了。于菲菲带了一瓶五粮液，一桌饭花了一千多，有钱就是这么任性，想吃什么就点什么，那些王博众只有在家才能吃到的珍贵菜肴在这里都吃到了。对于目前囊中羞涩的王博众来说，这顿饭就吃去了他将近半个月的薪水，而对于于菲菲的父母来说这样的饭局几乎是每个星期都有好几次。

于菲菲的父母都很喜欢这个才华横溢很有进取心的年轻人，不停地往王博众的碗里夹菜。酒过三巡，杯盘狼藉之时，于主编因为也喝了点酒，就打个出租车把王博众送回了住处。于主编在王博众准备离开的时候往他口袋里塞了一个压岁红包。王博众当时喝得有点高，以为是一包餐巾纸，回家打开之后看到的是五百块人民币。

于主编回到家后，和于菲菲的母亲商量了一下，他们不约而同地认为王博众是他们家的乘龙快婿的最佳人选，其他阿猫阿狗很难入他们二老的法眼，他们觉得他们的宝贝女儿于菲菲年龄也不小了，所谓“男大当婚女大当嫁”，是时候给她找个好人家了。于是夫妇俩决定抓紧时间把女儿嫁出去，为了他们的宝贝女儿的幸福，以后少受苦少受罪，一定要找个才貌双全的靠谱的女婿。

在于菲菲睡觉之前，于菲菲的母亲悄悄溜进于菲菲的闺房，开门见山问的第一句就是：“菲菲，是不是有心上人了？老实告诉妈！不准跟妈耍心眼，看着妈的眼睛说。”

“妈，您什么时候关心起我这事了？我心中自有分寸，不必为我操心。”

“王博众那孩子我和你爸觉得挺好的，你们是不是已经开始交往了？你们郎才女貌，在一起简直就是天作之合，你和他如果想在一起我们一定全力支持！”

“妈，这都哪跟哪啊？你们怎么比我还着急，我跟博众哥只是朋友，八字还没一撇！”

“菲菲，不愧是妈的懂事乖巧的好宝贝！了解妈的心思，那你早点休息吧！”

睡到半夜，王博众起床喝了一杯水，他打开手机看到于菲菲发来了几条信息。“博众哥，睡了吗？今晚吃得开心吗？”看王博众没有及时回复，于菲菲又发了一条，“今晚喝多了吧？困了就早点睡吧！盖好被子，照顾好自己。”

考虑到生存的压力，王博众决定把贴膜那门手艺给学会，于是第二天中午他来到了地铁天通苑北站的出口处，看到那个贴膜的胖子依然没有回家，正在埋头苦干，顾客一个接一个地在他旁边排队，他一两分钟就能干一个活。这里是公交和地铁的终点站和始发地，人流量特别大，胖子小张说最好的时候一天能挣一千块人民币。

他在旁边观察了大概十分钟胖子才发现他，可见胖子生意好的时候真的会忙得乐不可支。胖子小学文化，农村户口，一米五九，一身肥肉，他坐着贴膜的样子让王博众联想到了《水浒传》里卖炊饼的武大郎。这时候王博众的耳边幻听到了武大郎的一句吆喝：“炊饼，炊饼，刚出锅的炊饼喽，不好吃不要钱。”

王博众走神的两分钟左右，胖子已经赚了一口袋零钱，胖子忙完最后一个,依然像往常一样头也不抬直接问王博众：

“贴膜吗？”

看王博众没有搭理他，突然来了一句：“不贴膜离我远点！不要打扰我做生意。”

胖子没好气地脱口而出的这句话像是一盆冷水浇在了王博众的头上，王博众顿觉伤透了自尊，正准备离开之际，胖子突然抬头看到了他，开口就是一句：“我去，来了怎么也不跟兄弟说声，今晚陪哥喝两杯去。”

“谢谢，不用了。高攀不起！”

胖子看出来王博众的脸色有点失落，就连忙解释道歉，说没看清是兄弟。

王博众坚持要走，胖子拉着他一直不松手，王博众说给个留下的理由，你的时间值钱我的时间同样也值钱，大冷天的去外边冻着也不是个事。胖子突然来了句咱俩也算是难兄难弟，就说要教他贴膜，让王博众给他看场子，让他先在旁边看三四天再教他，一天管一顿饭，另外补助三十块钱，王博众觉得胖子这个理由勉强可以接受。

胖子从傍晚五点钟到地铁天通苑北站，很快九点多了，就看他贴了很多膜，没有钱包，钱都装在口袋里边，而且装得乱七八糟的，大钱装里边，零钱装外边的口袋。胖子准备收摊的时候旁边的大连鱿鱼哥说了句：“都是财迷，都过年了还出来瞎折腾。”

眼看马上到十点了，胖子数了数身上的钞票，说主要是靠过年这几天，笑眯眯的就像守财奴似的得意地说了句：“还不到一千，马上就收摊出去喝两杯。”十点以后行人越来越少，偶尔会有一两个人找他贴膜，王博众看胖子真成了个言而无信财迷心窍的人，就转身要回去，那时候已经十点多了。

胖子看他坚持要走也匆匆收了，去附近找了家小餐馆喝了两杯酒，说了些大言不惭的话，觉得自己就像有多了不起似的："我说小兄弟啊！不是我吹的！认识我小张你就等于抱了个金窝窝，我可是把丑话说在前头，如果你是个一毛不拔的铁公鸡，谁都不会教你这门手艺的，除非凭你的聪明才智自学成才。"

胖子是个对女人和兄弟小气对自己最大方的人，买的衣服都是时尚流行品牌的，一套衣服最少是一千多，这是王博众跟他相处后才发现的。一顿饭加上两瓶啤酒花了将近一百，胖子就问王博众有没有钱，王博众说没有钱，胖子脸色顿时就变了。

王博众心里却在想，难道北京真的不适合我留下来吗？不！无论前方的道路多么的艰难，我都要坚持下去，不然我就是乡亲们口中懒得无药可救的窝囊废了。

我总不能一辈子都活在别人指手画脚的阴影里，从今天起，我要改变自己，自力更生，从那段阴影里走出来，堂堂正正勇敢做自己！为自己而活！为梦想永不妥协，青春与梦想不应被辜负。

春节期间王博众利用周末上午和晚上给周边的中小学

生补习作文，下午两点到六点在地铁站旁贴膜挣得了一笔不菲的收入。

这时候王博众突然有了一个心愿，就是在北京拥有一套属于自己的房子。那段时间里，王博众先后卖过水果、蔬菜，发过传单，送过外卖，卖过猪肉，等等，甚至差点去了工地。

春节刚刚过完没几天，一批又一批的农民工十万火急似的往北京赶，山东卖菠萝的一家人都回京了，与他们一起回来的还有东北卖菠萝的那个矮个子老头。那天东北卖菠萝的那个人告诉他："你别看不起人家卖菠萝的，人家一家子都是卖菠萝的。"那个山东的卖菠萝和哈密瓜的大叔姓左，特别像《水浒传》中的鲁智深，长得五大三粗，老夫妻俩膝下无女，三个都是儿子，主要收入是靠卖菠萝和哈密瓜，2008 年那一年卖菠萝一家娶了三个儿媳妇。这个消息把王博众说得有点心动了。

王博众亲眼见过一下午到晚上几个小时最多能赚一千块的贴膜哥胖子，日入四五百河南的卖袜子围巾打底裤的小贩老王，还有卖菠萝和哈密瓜一年娶了三个儿媳妇的山东老左一家，他觉得还是自己给自己打工挣钱。这时候创业的想法在他心中更加根深蒂固，他在想北京的人流量这么大，风水轮流转，总有一天会转到我的吧？

这天王博众碰到了后来成为他的固定大顾客，每次消费几乎都在一百块以上的本五区住地地道道的北京中年男子，他拿了一款三星平板电脑要贴膜，那天不巧的是外面刮着四五级的大风，王博众连续贴废了两张膜，依然没有贴好，里边都是气泡。他唯唯诺诺地道歉说今天天气特殊，风太大，要不肯定能贴好的，那人二话没说钱也没给就走了，走之前没好气地说了两句风凉话："什么风大不风大的我不管，我看就是你不敢承认技术不行！别给我找那么多借口。"

过了一段时间那个人又路过这里，这一天蓝天白云，碧空如洗，只有一点点微风，这次他态度温和地拍了拍王博众的肩膀："年轻人，上次我本来心里就有火气，把气发到你身上了，我回去想了想是我话说重了，希望你不要往心里去。我看你一个无亲无故的小北漂也不容易，那天回去之后我心里一直有些愧疚，后来决定再给你一次机会吧！这次如果再贴不好，咱俩就扯平互不相欠了。"三分钟之后王博众把膜贴得一尘不染，一个气泡也没有了。

"大叔，我怎敢生您气呢？你们可是我的衣食父母，我想感激您还怕来不及呢。如果不是那次经历，短短几天之内，我也不会下苦功练习，当然我的手艺也不会进步这么快！消费者谁不想花了钱得到最好的服务？您当时的心情我能理解！您专门过来找我，可见您对我这个刚出校门的贴膜新手是多么信任。那次您没有骂我就算对晚辈的照顾了。过去的事就让它过去吧！”王博众一边脸上堆着笑容一边站起来握手言和。

这一天晚上贴膜哥胖子打电话给王博众说，他兄弟老田出事了。那天晚上他兄弟老田跟一哥们二狗子去酒吧喝酒，酒过三巡杯盘狼藉之时老田说要去一下洗手间。就在老田完事出来时一不小心踩到了另外一个迎面而来的小混混的脚，没有道歉转身就走，然后那个小混混快步上前抓起老田的衣领就是一拳，当时老田就被打得鼻青眼肿，老田也不甘示弱还手了，两人就厮打在了一起。老田那哥们二狗子也喝得头重脚轻的，看情况不妙拿起桌上的一个空酒瓶就冲了上去，一下子砸错人了，把老田给砸得头破血流，后来那个小混混怕把事情闹大匆匆忙忙跑出了那家酒吧。

王博众说：“你就喜欢幸灾乐祸，这件事要发生在你身上你还能笑得出来吗？有什么事情别拐弯抹角直接说。”

王博众的这番话说得胖子心服口服，“博众哥，你简直就是我的军师！神机妙算啊！每次你给我出谋划策都会大获全胜。咱俩合作何愁大事不成？总有一天我们会在北京拥有自己的半壁江山的！”其实贴膜哥胖子用得着他的时候特别会拍马屁，用不着他的时候就会把他贬得一文不值。

没过多久贴膜哥胖子又遇到一桩让人啼笑皆非的趣事，也是请王博众帮忙，于是给王博众打电话说：“兄弟，在哪呢？今晚有空出来喝两杯吗？”

“咱们明人不说暗话，你就说啥事吧。以我对你的了解，没事你一般不会这么大方。快说吧！兄弟，又遇到什么事需要哥为你出谋划策了？”

“博众兄真是个聪明人，那我就不兜圈子了。我还不是被逼债上门了吗。”

“得了吧你！劝你浪子回头，该收手的时候了，以后我可不想跟你有任何牵扯，更不想与你同流合污！你给我记住了，这样的事是我最后一次帮你。”

“博众哥，我知道错了。这是最后一次！下不为例！我保证以后一定洗心革面，重新做人，你就可怜可怜我，再给我一次机会吧！”胖子的语气近乎哀求。

“胖子，你就像乡下水田里的一条专门喜欢叮在人的小腿上吸血永不知足的蚂蝗！谁要慢一秒用巴掌把你打落，你都会多吸别人一口血！你恨不得把你每个认识的朋友都坑个遍，甚至吸尽他们身上全部的血你才会满意！只有最后一次机会了，我没跟你开玩笑，我是认真的，如果不是看在那年冬天让我在你旁边观摩了三天的分上早就跟你这厮绝交了。从今往后，如果再犯我立刻与你绝交！我说到做到，决不心慈手软。”

“博众哥，你真是个通情达理的人，我真的没有白认识你一场，我们肯定会成那种一辈子的朋友的。”

过去的一年里无论有多少的辛酸和疼痛，都已经成为过去。王博众告诉自己要有归零的心态，一切从头开始，那件事是王博众人生中很大的一个转折点。

王博众今天走出大门的时候喝了点闷酒，巧合的是撞上了于菲菲，于菲菲看到王博众喝得头重脚轻歪歪倒倒走路都不稳的样子，立刻上前拦住了王博众的去路。王博众朦胧中把于菲菲错认为杨玉莲，两手搭在于菲菲的肩膀上迷迷糊糊含情脉脉地对于菲菲说了好多心里话："没华丽的外表，没有名车豪宅，不像公子哥那样一掷千金，只想给你一个依靠，只想给你一个拥抱，你知道你在我心里多么重要吗？不要再走了，不要再离开我了好吗？"

于菲菲看到王博众那副狼狈的模样立刻抱紧了他哄着他说，"乖，听话，我不走了。我是上天派到你身边的天使，只要你不赶我走，我会永远陪在你身边。"

王博众这天晚上发高烧了，嘴里断断续续喊着杨玉莲的名字，在梦中又看到了他心爱的女友，女友领着他走到一处荒无人烟的旷野，然后杨玉莲的亲朋好友拿着砍刀从后边追了上来，两人一开始手拉着手准备远走高飞，正当跑到一处山崖的时候，杨玉莲鼓动王博众说："咱们一起跳下这个悬崖吧！既然这辈子生不能在一起，那就死在一起吧。"

这梦中的一番惊心动魄让王博众有种城池失守兵临城下的感觉，他告诉杨玉莲说只要我们活着就会有一丝希望，相信我！杨玉莲犹豫了三分钟之后，便跳入了万丈深渊，王博众失声痛哭喊了好多遍杨玉莲的名字，心爱的人已不在人世，他也紧随其后跳下悬崖。

这一刻，于菲菲的心凉了半截，她明明知道眼前这个心爱的男人爱的不是自己，却一直坚持着她的信念，在于菲菲看来即使再坚硬的冰锥，只要遇到她火一般的热情，总会有慢慢融化的一天。

于菲菲接了点水润湿了毛巾，小心翼翼地拧干了毛巾上的水敷在了王博众的额头上，于菲菲看着他入睡时安详的表情，心里有种说不出的甜蜜，她觉得能有机会陪伴在自己所爱的人身边是一件多么幸福的事。

于是于菲菲坐在床边轻声和他说起话来，她不管王博众能否听到，还是把压抑在内心很久的话说了出来："博众哥哥，自从认识你，我能感觉到自己像是变了一个人似的，看着你为了她把自己弄得这么狼狈我很心酸，我想她看到你这个样子也不会开心的。你什么时候才能振作起来，变成一个顶天立地的男子汉？今生遇见你就算是在错误的时间里，我也要一错到底地爱你，我不奢求你也以同样的方式爱我，但我希望你变得坚强起来，只要你每天开心快乐就是对我最大的安慰了。"

十点之后看王博众完全进入了熟睡状态，于菲菲怀着忐忑不安的心情帮他脱掉外套和鞋子，盖好被子后就关上了房门，于菲菲睡在了客厅的沙发上。

过了一段时间，王博众的发小史有理从老家赶到了北京，到酒吧坐下刚刚喝两杯就开始发牢骚：“这北京有啥好待的？消费这么高！离家那么远！空气污染严重，交通拥挤不说工资还不是很高，你打算在北京买房还是买车……”史有理不到三分钟列举了数十条北京不适合外地人待的理由，面对史有理这番连环说服的话，王博众却表现得异常镇定，不紧不慢地回答：

“儿不嫌母丑，狗不嫌家贫。北京虽然有那么多的不好，那我问你为什么那么多来自五湖四海有文化没有文化的人挤破脑袋似的往北京跑？为什么有个咱们安徽的老乡在北京五年前在大街上卖油条包子，奋斗几年后成为一家餐饮连锁机构的老总？北大毕业的某位大学生为何放弃大好的锦绣前程却和几个同学卖起了猪肉而且还把生意做得风生水起的？你能告诉我这些说明一个什么道理吗？”

王博众指了指他的头接着说了下去，“因为人和人的思想观念不同，21世纪最宝贵的是人才，人家区区一个底层人物，为什么有一天能够摇身一变使数以万计的北漂一族感动得落泪？人家没有学历和文化都能自力更生艰苦创业，再苦再累都没有抱怨放弃，最后打下属于自己的半壁江山，我们有什么理由和借口给自己找退路呢？”

王博众的这番话像一盆冷水浇醒了得过且过的发小史

有理，真是一语惊醒梦中人啊！史有理听过王博众的这番激情澎湃的言论立刻鼓起掌来。

史有理心想曾经一个说话结巴一句话都说不完整的人，阔别两年多竟然这么学识渊博能说会道，立刻对王博众刮目相看并竖起了大拇指："博众哥，我想通了，打算以后跟你混了。"

史有理今晚喝得特别痛快："博众哥，兄弟我可是看着你长大的，真没想到这两年不见你真的成熟了，比哥们有出息了，以后发财了可别忘了哥们我。"

"这世界唯一不变的就是变化，要以发展的眼光看待人和事，这么跟你说吧，有兄弟一碗饭吃，绝对不会让你喝粥的，毕竟你父亲和我父亲有几十年的交情。"

"我史有理以后就是你的人了。"

"切，说得就像跟我签了卖身契似的！走，喝酒撸串去。"

第3章

男儿有志在京都

当初那个对他信誓旦旦承诺一辈子不离不弃的前女友说变就变，变得让他不敢相信，就像每次梦见失散二十年的亲生母亲一样难以压抑心中的悲愤之情。　边是对他铁了心爱得死心塌地的于菲菲，一边是曾经让他魂牵梦萦寝食难安的前女友，另一边是暗恋着他的那位善解人意的助理赵小曼，让他舍弃任何一方就像让他舍弃身体的一个重要器官一样，失去任何一方都会要他的命，他不愿伤害更不想失去其中任何一个。

——题记

王博众带着史有理玩了一天回到自己的单位上班了，上班的第一天主编助理小卉告诉王博众他已经正式晋升为北京某区某新闻周刊报纸副刊的文字编辑，这个职位是王博众毕业之前梦寐以求的，做了文字编辑之后，王博众的底薪突然提高到两千五百块，加上全勤奖，平时码字的稿酬，还有提成奖金，一个月也有五千左右的收入，加薪升职的消息让囊中羞涩的王博众兴奋了一个星期。

之前他向别人做自我介绍时只能说自己是某文化公司旗下副刊的小喽啰，如今当别人再问到他的工作时，他可以说是某文化公司旗下报纸副刊文字编辑，遇到想认识高攀的大人物还可以非常自豪地双手递上一张崭新的名片，名片印了两盒一共一千张。

于菲菲每次打电话或者亲自到王博众住处查看都会推心置腹不厌其烦像妹妹关心哥哥地说：“有什么困难可以当面跟我说，如果觉得害羞说不出口也可以给我打电话。

不要什么事都硬扛着！一个人的力量毕竟太薄弱了。我首先声明这不是施舍，我从小到大从不喜欢做亏本的交易，你要是觉得不好意思，等哪天富有了再连本带利还给我。”

“菲菲，如果我还不上就把我抵押给你吧？你看值多少钱？”王博众故意跟于菲菲开了一个玩笑。

“菲菲，你的好意我心领了，真的不用！以后要是再跟我说那些话小心我跟你绝交。”

“别别别，我知道你的自尊心强，我只是说万不得已的情况下，你以为我要养你这个小白脸啊？！我可没那么多时间精力还有财力，反正我已经表明我的心意了哦，你爱听不听。”于菲菲吞吞吐吐地说着言不由衷的话。

这时候王博众的父亲开的公司已经做得风生水起，王博众从毕业之后没有开口向父亲要过一分钱，再苦再累他都一个人扛了过来。王博众的父亲从来都不和他谈公司的经营效益，正是想通过这次机会锻炼一下他吃苦耐劳勤奋拼搏的精神，其实父亲在幕后一直关注着他的一举一动，只是秘而不宣罢了。

作为一个父亲，他的爱从不在外人面前显露，俗话说得好，“知子莫若父”，没有哪个父亲对自己的孩子不了解的，上学时每次王博众说想家了，一般都是生活费快用完的时候，王博众的父亲没有事先告诉他，每次都会在王博众即将垮掉的最后一刻伸出援手，父子之间的默契也是长期建立的。

紧接着王博众的父亲给他安排了去世界一流大学美国哈佛大学商学院留学进修的机会，去的机票是今年八月底就已经让秘书订好的。他立刻打开笔记本电脑上网百度了一下哈佛大学商学院 MBA 的评价，那一刻，他几乎惊呆了！以前美国年轻学长梦寐以求进入法学院与医学院，现在，学生们纷纷地挤向商学院去追求工商管理 MBA 文凭，哈佛商学院培养的是总经理人才。

哈佛大学之所以有非同凡响的影响是因为学校秉持着以培养总经理为己任这一坚定不移的宗旨，这就是哈佛的使命，刚出校门的哈佛商学院工商管理硕士平均年薪可达十万美元。

这是多少普通家庭望尘莫及甚至想都不敢想的？这同时意味着他要暂时离开北京短则两年长则四年的时间去异国他乡学习、生活，去适应那里的风土人情。

王博众父亲那种“穷养儿，富养女”身教言传的家教引来当地众多亲戚和邻居好评如潮。那一年的春天，王博众父亲公司旗下的一家子公司北京博海众恒文化传媒有限责任公司搬迁到了首都北京，在北京北六环租了个六十平方米左右的办公室，一年的租金已经交齐，王博众的父亲觉得是时候让王博众接手熟悉公司的业务和操作流程了。

这次安排王博众出国深造对整个家族企业来说都是百

利而无一害，最主要为了改掉王博众身上儿女情长、玩物丧志、不思进取的懒散个性，同时多学一些管理经验和本领才能够如虎添翼，守得住他当年下海经商吃了无数次闭门羹后辛辛苦苦打下来的江山。

父亲特别派了两个一手调教出来的业务精英作为王博众的左膀右臂，另外打理了北京市场大客户的各种关系，就这样王博众辞去了原来的那份编辑工作，来到父亲的公司担任总裁，同时又招聘了一名聪明伶俐容貌姣好的女助理。这个小姑娘大学刚刚毕业，来自王博众母亲的家乡重庆，言谈举止之间总给人一种亲切温暖的感觉，名字叫赵小曼。

王博众的父亲给他快递寄了一张大额银行卡，这些钱即使赔了进去也不能让这些钱闲得一无是处，王博众也觉得做生意就像是魔术师玩转手中的三个球，可以来回抛出接手旋转不能有一个球落地，不然资金链一旦断裂后边的漏洞就不好修补了。

王博众平时主要是处理一些比较重要的事务，每周开一次员工大会，主要是布置这个月的任务，提出业绩和需要达到的目标，总结上个月的总体工作情况。前一个月王博众的父亲派了手下一名心腹干将教王博众如何与那些大客户打交道谈业务以及如何维护好与这些客户的关系，从而建立起更为坚固牢靠的商业合作模式。

就这样王博众手下带领了四个人——三个几乎每天跑市场的业务员、一个得力助理。他一个人单独有一间办公室，所有人分工都很明确。每当坐上这把老板椅的时候他的心情都会十分沉重，他来北京这一年多受过太多的苦，在北京这个竞争激烈现实残酷的地方，没有人会相信眼泪，只要崛起了才会有人对你刮目相看。

北京就像是一个瞬息万变不停升级的计算机软件，随时更新一个人的思想和举动，每一年都会有很多人的想法发生变化，有的甚至最后为了实现自己的利益出卖朋友六亲不认。

在 90 后大学生中，有很多还在读高中和大学时就开始在学校创业，三年五载存了一些积蓄开始自己创业，有的是家庭背景好父母支持鼓励学业和事业两不误。很多人经营了两三年之后都有一份百万甚至千万的个人资产。

王博众似乎输在了起跑线上，这一点他当初完全有机会尝试的，因为酷爱旅游、写作、听歌和玩游戏，大部分空余时间都荒废了，因此王博众每次看到比自己年龄小少年得志的人都会有种自愧不如的感觉，多少次他都有发愤图强的决心和勇气，只是很多次都感觉到底气不足。

毕业后将近一年的磨炼，王博众对做生意越来越感兴趣，他端着一杯刚刚泡上的西湖龙井，坐在正午的阳台上注视着来往的车辆和为生计而忙得停不下脚步的人们浮想联翩，这一刻他突然觉得自己就像一只久困笼中的小鸟，终于等到了飞回森林的那一天。

就在王博众从他的父亲手中拿到财政大权之后，他重新过上了养尊处优的日子，于菲菲一连三次去他之前住的地方找他都扑了个空，心想：“博众哥到底玩什么花招？难道一夜之间变成暴发户又一夜之间人间蒸发了？他应该不会是那样忘恩负义没心没肺的人吧？本姑娘平日里对他虽然偶尔有些霸道任性，有些唠叨，但是总体来说也算无微不至了。”于菲菲一想到王博众的不辞而别就很心酸。

于是于菲菲拨打了王博众的电话，王博众这时正在公司处理一件比较棘手的事，王博众让他的助理接的电话，“请问您找谁？”于菲菲一听是个女的接的电话立刻就把电话给挂了。

恼羞成怒的她这一刻真想把王博众给掐死，她心想王博众你这个花心大萝卜！长这么大本姑娘还从来没有这么在乎一个人呢。你讨厌我是吧？今天本姑娘就算死也要和你在一起，即使做孤魂野鬼也要寸步不离地缠着你。

于菲菲于是给王博众发了一条短信：“我在我们以前经常一起去的那家酒吧等你，十分钟内如果你不出现在我的面前，我会让你后悔一辈子。”这条短信刚刚发出，王博众看到后便十万火急一样立刻打车来到了于菲菲所说的地方。

看到王博众慌慌张张地跑了过来，于菲菲就像一只小白兔小鸟依人般抱紧了王博众的背部，把头靠在了他温暖的肩膀上，梨花带雨般哭了起来，王博众越是哄她她反而哭得越厉害了。

这一刻，于菲菲就像一个淘气可爱的娃娃，于菲菲的闹剧让王博众虚惊了一场，以于菲菲的性格和脾气，王博众真担心于菲菲哪天真的会想不开干出什么傻事，虽然他只是把于菲菲当作自己的亲妹妹一样呵护疼爱，他就是不愿跨过心中的那道坎。

过了一会儿于菲菲哽咽着问王博众：“博众哥哥，辞职和搬家你都不和我说一声，你到底几个意思？知道我有多担心你吗？你有什么困难可以和我说，不要太逞强！不要什么事都一个人扛！知道吗？”

王博众面对于菲菲的这番话突然感动得泪奔了，于是拍拍胸膛对于菲菲说：“我是个男人，男子汉大丈夫就应该顶天立地勇敢坚强，只有这样才有实力和能力去爱护自己的家人，即使我饿死在北京也绝对不会向任何一个女人开口借钱的。来北京之前在老家上大学期间生活捉襟见肘也从来没有过，来北京即使再落魄的时候也从来没有向一个女人借过钱，以后更不会！这是我做人一向坚持的原则之一。”

王博众心中的委屈和吃过的苦没有人比王博众自己更清楚，他心想天底下竟然还有这么美丽温柔、善良而又善解人意同时对自己这么好的女孩子，这一刻王博众就像遇到了知己一样，他能感觉到于菲菲对他的爱就像燃烧的火苗一样慢慢地吞噬他体内的寒冰。

他决定不再对于菲菲隐瞒去美国哈佛大学留学深造的事，于是不紧不慢地告诉于菲菲："菲菲，谢谢你这一年多来照顾陪伴我，然而人各有志，眼看还有一个月我就要去美国哈佛大学商学院留学了，想我的时候记得给我打电话，我的号码不会轻易改变的。这一别少则两年左右多则三年五载，你要多多保重照顾好自己。等我海归之后，如果你没有嫁人，希望我可以有机会把你娶回家照顾你一辈子。"

王博众这番承诺把于菲菲说得耳红心跳目瞪口呆不能自已，那怦怦怦怦的不是心跳，是爱情敲门的声音，这一刻她等了仿佛一个世纪那么久。

阳春三月是放风筝的最好时节，王博众当然也不会错过这么好的日子和风俗，在一家商场买了一个猫头鹰模样的风筝和于菲菲在一处远离闹市的草地上放起了风筝，这个下午王博众和于菲菲玩得忘乎所以。

于菲菲的钢琴培训班办了将近一年房租即将到期，她清点了一下她的纯利润，竟然只有六万块，刚刚够来年的租金，她决定把这些钱先存银行，三个月连本带息取一次再存一次，以此类推，一年一共存取四次。

王博众的传媒公司由于业务需要面向全国招聘美编一

名，没想到这一天应试的第三个竟然是他朝思暮想的前女友，这位任性娇气的杨大千金闲下来的时候是个可以三天三夜不洗脸、不吃饭、不睡觉、不化妆、不逛商场、不看帅哥，但不能不看小说的书迷，之前每次跟他吵架总会搬出一大堆影视台词。

这一刻他竟然有些茫然了，他不断在心底反复默念：别冲动，冲动是魔鬼！别冲动，冲动是魔鬼！别冲动，冲动是魔鬼！提醒自己不能再重蹈覆辙了。

这一切都来得太猝不及防，王博众根本没有做好心理准备，这时的王博众头上又多了几根白发，可能是为这个让他朝思暮想了半年多的女人害了相思病，这一刻王博众觉得自己就像一个中毒太深突然得到解药的病人一样，又重新看到了生活的美好。

杨玉莲也不失礼数，礼貌地说了一句：“王总好，我是来面试的。”

“不要见外，随便坐，我们之前不是说好，即使做不了恋人，也要做一辈子的朋友吗？”王博众像个哥哥一样招呼她坐下，让助理小曼倒了一杯水放在了杨玉莲的桌旁，然后礼貌地说了声“慢用”。

杨玉莲看到王博众旧事重提，突然掉转话题并且提高了嗓门：“今天我只是来面试，希望今天只谈工作不谈私事，那些都是过去了。忘了我吧！这辈子我们已经不可能了！

我知道忘记一个真正爱的人很难。”两人就这样陷入了深深的沉默之中。

过了大概三分钟之后，王博众温和地说了一句：“抱歉，既然你不愿意再提，就直接谈工作的事吧。如果你愿意明天就可以到我公司上班，我们公司随时欢迎你的到来。”

“是这样的，我不希望是因为我们往日的交情录用我，我希望通过自己的能力走其他员工面试笔试程序。我来北京随时可能离开，工资你看着发，不要为难！我没事也不会随便请假，我有什么做得不够好的，你可以私下里找我聊。”

在王博众的眼里，杨玉莲就是一个充满正能量的人，她明媚温暖的笑容就像阳光一样魅力十足，谁只要认识她，不管以前受过多少伤，都会很快得到医治。

虽然他们俩从情侣突然变回了同事关系，但是距离似乎还是没有想象中那么远，王博众知道杨玉莲失踪的半年多肯定是遇到了一些事或者有难言的苦衷藏在心里。他能感觉到她目前对他的心思意念是封闭着的，王博众也知道需要时间去治愈这道伤口，他想让杨玉莲亲口告诉他这半年多到底发生了什么事。

于菲菲自从失业之后经常一个人在外边溜达或者陪她的闺密逛街，她的闺密李小兰家是典型的北京暴发户，她的父亲在北京拥有多处房产和名车，她是个有钱就任性的典型的富二代千金大小姐，有很多名牌的鞋子和衣服，每次看到喜欢的东西刷卡都不眨一下眼睛，同时又是个够义气很有正义感的女孩，朋友一遇到什么紧急情况或解决不了的事情，她会像及时雨一样从天而降，因为仗义疏财，很有收拢人心的能力，身边跟随着一帮忠心耿耿的临时保镖。

俗话说得好："养兵千日，用兵一时。"无论是谁，身在何方，都需要一帮兄弟，因为真正的朋友就像兄弟一样，不仅可以有福同享，同时也可以有难同当，真正的朋友无论身在何方手里有什么事，只要你遇到事他们会立刻像特种兵一样降落到你的身边为你排忧解难，让你感到自豪。

李小兰的朋友很多，应酬也很多，所以除了大学四年的时间里两人抬头不见低头见，来北京之后一周至多能见上三次。王博众被于菲菲、杨玉莲还有那个助理赵小曼三个女孩围得团团转，这幸福的气息让人有种陶醉得快要窒息的感觉。

俗话说得好："三个女人一台戏。"助理赵小曼刚来王博众的公司面试的第一天就像一只迷路的山羊被王博众那伤感的眼神所俘虏，为了抵挡杨玉莲和于菲菲这两个情敌的挑衅，赵小曼软硬兼施，于是一场斗智斗勇斗辣斗狠的冷战从此拉开了帷幕。

赵小曼对王博众的爱是自私的，私下让人查清了杨玉莲的来路，还有杨玉莲与王博众那段刻骨铭心的校园恋情。从相识、相知、相爱、心痛到离开的原因，赵小曼找的那个私人侦探都调查得一清二楚。

一天中午，杨玉莲正在午休，赵小曼把几个同事叫到了一间迷你型会议室放风，告诉了他们一个惊天的秘密：新来的员工杨玉莲原来是王博众的前女友，如今又重新杀回来了，大伙可要注意点。

“之前我们王总身无分文落魄时一声不吭把我们王总给甩了，现在看我们王总卷土重来东山再起又跑了回来，这其中的轻重关系可要好好衡量一下。”“天哪！这世界还有这样的人啊！”以至于之后的时间里同事们经常私下里对杨玉莲指指点点，对杨玉莲这个现实的女人更是敬而远之。

杨玉莲没想到这个赵小曼外表看起来单纯善良，实际上是个特别会伪装的人。杨玉莲早就发现公司有人在捣鬼，好几次她做好的东西第二天莫名其妙就不翼而飞了，一开始杨玉莲选择了沉默，因为她的手里没有证据，而且这里的员工都向着赵小曼。

赵小曼眼看杨玉莲被她整得差不多的时候，又开始实施第二个计划，目标直接指向一厢情愿爱着王博众的纯真善良的小姑娘于菲菲。那天王博众的手机丢在了办公室，赵小曼翻看了王博众通讯录里的于菲菲的号码，然后趁机给于菲菲发了一条短信说今晚九点多某酒吧不见不散。

一开始于菲菲觉得特别的惊讶，从来没有遇到过王博众主动跟她约会喝酒的事，于菲菲下意识里觉得王博众就像是吃错药了一样，好奇地给王博众打了一个电话，结果电话拨通了暂时无人接听。

晚上八点多于菲菲半信半疑地精心打扮了一番，提前半个小时来到了三里屯某音乐酒吧靠窗的那个位置上坐了下来。八点四十左右，赵小曼不慌不忙地走进了这间装饰特别时尚高雅充满中西文化的酒吧，于菲菲看到赵小曼感到十分的震惊。

“呃，你怎么也来了？”

“这个酒吧又不是你家开的，就允许你过来不允许本姑娘过来吗？”赵小曼一边说着一边找了个靠近于菲菲的位置坐了下来。

“小黄毛丫头，我最后一次警告你，识相的从明天开始离我对象远远的，如果再让我看到你过来找他，别怪我不客气！跟本姑娘抢男人还不掂量掂量你有几斤几两？”赵小曼说完眼睛里就像冒出火花一样让人不敢直视。酒吧里瞬间燃起很重的火药味，好像随时可能一触即发。赵小曼的身后还有两个三十岁左右戴着墨镜的大汉，看起来有点像是她专门重金请来的打手。于菲菲是个机灵的女孩子，何况好汉不吃眼前亏，惹不起毕竟躲得起。

如今这形势敌众我寡，只能三十六计走为上。于菲菲知道今晚被赵小曼给耍了一顿，心里翻江倒海般烦躁不安，她在猜想莫非他们俩已经住到了一起，不然她区区一个助理，如果没有翻看王博众的手机通讯录怎么会有我的号码?

这一刻，她觉得根本没办法和眼前这个女人沟通，于是礼貌地说了声告辞就转身离开了。为了避免意外发生，于菲菲刚刚出门就打了一辆出租车，并给王博众打了个电话问清楚此时此刻王博众身在何地，回到家之后心中悬着的那块石头才落地。

赵小曼生在一个家境还算殷实但父母关系不和谐的家庭，她从小就是在火药味很重的环境中成长起来的，她的父亲经常和她的母亲赌气而彻夜不归，两人即使睡在一起也是同床异梦。

等她十八岁之后，她的父亲实在忍受不了这种乏味至极的生活，于是不辞而别，搬到了另外一个年轻女人住的地方。她的父亲是当地一家医院的外科大夫，母亲则是一家文化传媒公司的副总，她的母亲平时忙于事业上的应酬很少过问她的饮食起居，只要想吃什么，想要买什么好看的衣服，只需一句话第二天就可以如愿以偿。

所以赵小曼也是个缺乏母爱的孩子，时间长了她的性格慢慢变得自闭，很自私很冷漠。

赵小曼第一眼看到王博众心中突然有一种油然而生说不出的亲切和好感，她虽然不确定是爱还是好感，但她明白事情肯定不会像她想象的那么简单，赵小曼因为爱上了王博众，所以一看到王博众，言谈举止都会有点紧张，尽管王博众什么琐事都交给她处理，偶尔还会冲她发发牢骚，但是对于一个自己喜欢的男人，赵小曼觉得吃多少苦多少亏都是值得的。

赵小曼每天工作都非常投入，就为了能多看王博众一眼，仿佛不是给老板打工的，而是给他们自己家干活似的那么尽心竭力。王博众因为工作上的事离开公司两天，赵小曼就会像热锅上的蚂蚁一样坐立不安，一会儿发一条短信，王博众看到就会简单地回复她一句，开会忙碌的时候再加上一天的劳累就会忘记回复。

有一次王博众跟赵小曼开玩笑说："小曼，你这么关心我该不会是喜欢我吧？"

赵小曼担心被拆穿，同时也担心这份暗恋瞬间土崩瓦解，还是装作毫不在乎对王博众不自然地笑着说："咱俩是哥们，你想哪儿去了，好了，我还有事，先走了。"

杨玉莲在王博众的公司干了不到两个月，这天中午突然就说有事，当天就要辞职回家，这让王博众有些猝不及防，但也无能为力，每次杨玉莲的决定都是那么突然毫无征兆。

王博众深知如今眼前的这个女孩的心已经不再属于他，临走的时候杨玉莲不紧不慢地告诉王博众说她已经不爱他了，已经爱上了别人，并且已经和那个人订婚，这次回来就是想和他相处最后一段时间。

杨玉莲表现出很委屈的样子说:“之所以之前没有告诉你是因为怕你嫌弃我,怕告诉你真相之后再也见不到你了。”

虽然王博众此时此刻故作镇定，可是不争气的眼泪出卖了他内心的真实感受，这一刻空气好像都凝结了起来，王博众的拳头握得很紧，表情看上去就像一头即将发威的老虎让人望而生畏，但是五秒钟过后他又恢复了原先的模样。助理赵小曼打算陪王博众一起把眼前这个眼中钉肉中刺杨玉莲给送走，听说杨玉莲今天要回老家，赵小曼就像吃了开心果似的。

“王总，要不您忙着，我今晚下班陪莲姐去火车站？”赵小曼觉得眼前的这个姑娘已经没有和她竞争的实力了，所以这一刻表现得很大度，而且言谈举止之间还流露出恋恋不舍的惜别之情。赵小曼越是矫揉造作，王博众越是从心底反感，同样没有流露在脸上。

王博众看赵小曼有点有恃无恐的样子，什么都没说白了赵小曼一眼，赵小曼看到王博众那副表情，心里明白自己有点多管闲事了，就保持沉默了，然后立刻回到座位开始搜集整理明天开会要用的资料。

杨玉莲在网上预定了当天晚上七点半的那班最快的火车，王博众在杨玉莲临走前去财务那里结清了这一个多月的工资和奖金，虽然不是很多，但也没有让杨玉莲失望，毕竟这一个多月她说有事一共请假三次，王博众念在往日情分上一分钱没有从工资里扣除，而且还多给了两千。

下班后，两人来到了一家餐厅，点了三菜一汤，然后王博众帮杨玉莲拿行李箱，两人就一起坐地铁去北京西站等车了。王博众目送杨玉莲进站后就转身离开去坐地铁往回返，刚刚下地铁就碰到于菲菲，两人走路都不看人，竟然撞在了一起。

于菲菲当时就怒气冲天:“这谁啊？难道不想好了吗？敢撞本姑娘？”与于菲菲同行的还有一个男生，这个男生看到王博众撞了于菲菲一下，立刻准备走上前去教训一下王博众。

王博众连忙说：“对不起！真的不是故意的！”于菲菲定睛一看是王博众，连忙喝退眼前这个男生。

“博众哥哥你去哪了？怎么这么晚才坐地铁回来？吃饭了吗？要不要一起吃顿饭？”

王博众看了一眼于菲菲身边的这个男生顿时觉得很尴尬，连忙说了句准备退场的话：“哦，今晚出去办点事，不好意思啊！你们好好聊，我还有点事，先撤了。”

王博众刚刚转身准备离去，于菲菲便冲王博众吼道：“慢着！我有话要和你说。”

王博众坐立不安地说：“这恐怕不太好吧？我可不想当电灯泡。”

当于菲菲知道王博众原来是误会了她和身边这个男生的关系之后，很淡定地解释了一下他俩的关系，原来这个高个子男生叫宋清波，是于菲菲姑姑家的长子、她的表弟，目前在北京某高校读大四。王博众知道真相之后心中释然了很多。

杨玉莲的突然离开，使王博众整个人的心思意念都沉浸在曾经和杨玉莲在一起的那段时光，他觉得杨玉莲失踪的这半年多肯定发生了一些事情，以王博众对她的了解，她是不会轻易背叛离弃他的。于菲菲半路杀出个程咬金这样的闹剧，王博众根本就没有一点心思去理会，淡淡地说了声抱歉，就转身离开了。

等王博众回到自己住处的时候已经是晚上九点半了，赵小曼发了一条信息，主要问候他有没有回去，路上注意安全。

王博众回来看到后给她回了一条：我回来了，谢谢小曼关心，早点休息吧！

王博众洗漱完毕躺下，满脑子都是和杨玉莲在一起的画面，杨玉莲曾经对他说过的那些海誓山盟的誓言这一刻又在他的耳边回响。

这一夜王博众又梦见了杨玉莲，梦中的她还是那么温柔、那么可爱、那么调皮，像从前一样爱着他，处处迁就着他，这一夜他在梦中又一次见到了杨玉莲的父母，不知为什么在梦中杨玉莲的父母竟然接受了他，态度也比之前好了很多，梦中的这一切是如此的真实。他醒来后泪水打湿了枕巾，心情难免会有些失落，这个梦让他感到很离奇，后来他得知杨玉莲要和别人结婚才恍然大悟，原来这个梦跟现实是截然相反的，他之前白开心了一场。

他何曾想到那个曾经对他信誓旦旦承诺一辈子不离不弃的女友说变就变，变得让他不敢相信这是他曾经万般宠爱的女友，就像每次梦见失散二十一年的亲生母亲一样难以压制心中的悲愤之情，一边是对他铁了心肠爱得死心塌地的于菲菲，一边是曾经让他魂牵梦萦寝食难安的前女友，另一边是暗恋着他的那位善解人意的助理赵小曼，让他舍弃任何一方就像让他舍弃身体的一个重要器官一样，失去任何一方都会要他的命，他不愿伤害更不想失去其中任何一个。

第4章

商场如战场

当王博众的事业发展需要左膀右臂的时候，曾经的大学寝室上下铺另外几个哥们毛遂自荐要来北京投奔王博众，王博众曾经炽热的梦想又在心中悄悄燃烧着，急切融资轻信他人和盲目扩张使他的企业突然陷入债务危机，当王博众的企业发不出工资其他员工纷纷罢工逼债的时候，王博众这几个好哥们决定帮助王博众挺过难关，为了利益牛大鹏竟然伙同王博众的竞争对手当起了间谍，得知真相之后，王博众在其他几个朋友的劝告下还是选择了原谅他。

——题记

王博众时常会想起读书时结识的那三个铁哥们，如今一别已经一年多了，四兄弟的感情就像绿色天然无公害的大山里流出的泉水一样清澈晶莹不掺任何杂质。

大学四年四兄弟的相识极具戏剧性，王博众和史有理是无话不谈的哥们，杨康和牛大鹏是一对患难与共的兄弟，四个人都是因为一件啼笑皆非的小事而产生矛盾才认识的。他们四个初次相遇就像几个冤家狭路相逢似的，都是在准备大打出手时发现对方和自己的脾气性格特别相投，之后一笑而过握手言和。

真是不打不相识！牛大鹏刚毕业就结婚生子了，典型的奉子成婚。杨康刚毕业被父母安排在老家一个私立学校当代课老师，史有理衣食依然靠父母和朋友，到处流浪过着四海为家的生活，四兄弟之中就杨康的日子过得最悠闲自在，好像隐居在深山里不食人间烟火的仙人一样。

王博众时常觉得公司没有特别棘手的他处理不了的事

务，但是在一个重要的决策和计划落实前他还是总觉得说话底气不足，每当那个时刻，他特别希望身边有个可以掏心掏肺完全信赖的兄弟为他壮胆撑腰，毕竟大学四年也算是知根知底了，他当时就在幻想如果哪一天另外三个哥们能过来帮忙打理公司的一些琐事该有多好。

王博众之前还有时间纠缠过往无端神伤，等工作以后，全部精力几乎都投入到了繁忙的工作和事业之中，他深知一份没有事业和物质做根基的爱情就像一座空中楼阁一样，至少他现在认为就算天上会掉馅饼也还轮不到他。自从赵小曼出现在王博众的面前，于菲菲为了避嫌隔三岔五过来找他一次，有时是十天半个月才找他一次。王博众在工作上任劳任怨，而且办事效率特别高，生活中于菲菲对他的照顾就像一个贤妻良母一样让他安心。

春天的时候，家乡田野里的麦苗也该长高一茬了，每到周末小姑娘们放下书包，就三五成群、手拉手提着自家的篮子和铲子去山坡或者田埂边挖野菜了。山坡上的桃花和野花一朵又一朵竞相绽放，晚归的放牛娃在大山下的溪水旁坐在牛背上用自制的苇笛吹着悦耳动听的曲子，夕阳的余晖在清澈的湖面荡着童年的纯真和幻想。

那年春天，王博众坐在门前的那棵洋槐树下，入神地听着奶奶讲一个又一个有趣的故事，再也不用担心迷路一个小时也走不出来的成片的玉米地，再也不用担心骑在牛背上下陡坡时会从牛头上摔下去，不用担心夏天摘洋槐花的时候人和镰刀从树上一起坠落。这是多么美好的一幅画面啊！而今都成为了一段回不去的记忆，深深定格在了脑海中。

王博众一边怀念一边陷入了一段更遥远的沉思之中，他又想起读书时自己比较瘦弱，每当男同学欺负他都会有两三个女同学为他说话维护他的尊严。刚来北京那一段时间，在雍和宫咖啡店遇到一个在北京服装学院读大二在那里兼职的山东女孩，女孩说他有点像她读书时的前男友，身上都有一股文艺青年的气质。更让他感动的是，女孩当晚还为狼狈的他安排了一个地方住了下来，然后悄悄离开了。

看着窗外的大好春光，王博众的心情再也无法淡定了，他打算过两天天气暖和的时候带着于菲菲和公司员工去爬香山。这天晚上偶然之间遇到一个有一阵子没见的朋友，开口就是你女朋友呢？王博众低头不语只是礼貌性地抬头笑了笑，没想到这天晚上一个朋友对于他前女友的一再好奇追问之后，王博众的心犹如从万丈高楼跌入万丈悬崖般疼痛难忍。

不知从何时起，他的前女友突然变成了他心中的一道伤疤，他的那个朋友一番关心的话，就像突然揭开了他即将愈合的伤疤。这一刻王博众虽然表面故作镇定没有哭出来，但他能感觉到心里的那道伤疤在滴血。

这一夜，王博众辗转反侧，百无聊赖，满脑子都是她，怎么也睡不着。他比谁都明白这条巷子只有他自己能够走出，别人即使有三寸不烂之舌也难以把他召回到原先的位置。王博众这一路走得太匆忙了，甚至来不及好好看看路边的风景，又要开始下一段人生之旅。

在这里，我们会遇见许多同道中人，为了梦想即使付出再大的代价和牺牲也会勇往直前，摔倒了只要是个爷们就会立刻爬起来继续赶路。

在这个繁华的国际大都市，我们没有一处宽敞明亮的豪宅和一辆风光八面的名车，没有那些富二代官二代养尊处优的生活，我们也许只有十五平方米这么窄小的生活空间，开门就是一张单人床、一个衣柜、一个笨重的行李箱、一台便携式笔记本电脑，还有一箱子生活用品。

每天上下班挤着不能再拥挤的公交或者地铁，去往各个想去和不想去的地方办这样那样的事。

有时候我们也许会窘迫到吃泡面啃馒头蘸着老干妈度过漫长的那几天，但是我们有一群无话不谈的小伙伴也会感到很开心很幸福。

即使我们混得没个人样，也并没有觉得我们是多么的卑微，因为我们都还年轻，肚子里有墨水。年轻和知识就是资本，也是改变命运的法宝，这条路我们既然选择了，不混出个人样决不罢休。

那天清晨王博众还在睡梦中就听到窗外有喜鹊在叫，一开始以为是在做梦，揉了揉眼就继续睡下了。于菲菲推开他的房门，手里拿着一瓶矿泉水，用手指沾了点水滴在了他的额头上，王博众就像被电击似的吓了个激灵，以为是房顶漏水了呢，突然睁开眼睛一看是于菲菲，已经到嘴边的气话又咽了回去。

于菲菲把买好的热腾腾的包子在王博众的面前晃了晃，问他想不想吃。王博众闻到那股香味肚子也不争气地叫了起来,原本他打算在床上吃的,于菲菲接着来了句“三分钟之内，如果起不来就给我们家宠物狗花花吃了”，原来前一段时间于菲菲用了两千多块钱买了一条白色宠物狗。

“原来在你心目中，我连你家这条长不大的小哈巴狗还不如啊？”王博众笑出了声。

“你怎么这么聪明呢？你到底是起还是不起？最后一遍！”于菲菲一边笑着说一边准备把包子给她的宠物狗花花吃。

“我起不行吗？”王博众的语气近乎哀求。

不到三分钟，王博众穿衣服叠被子刷牙洗脸全部搞定，这么快节奏的起床训练貌似只有军训时有过，再者就是于菲菲这个一闹起来能让王博众就像逃难似的狼狈的小丫头他不敢怠慢，多少次王博众都拿她没辙。

就在那天中午于菲菲陪王博众吃饭的时候，另外三个兄弟不约而同地发来一条短信，史有理的短信说：“听同学说你在北京混得还不错，我想过两天去北京玩几天，如果兄弟不介意可否收留我在你公司给你帮忙？”牛大鹏的短信上说：“博众哥哥，听说你在北京发财了？我和杨康准备过两天去北京投靠你，不知哥哥能否接纳我们兄弟俩？”

王博众看到这些短信后立刻放下手中的碗筷回了一条：“兄弟，你这是哪里的话？这也太见外了吧？你们以前是我的好兄弟，现在是，以后也是，不管我以后发展得怎么样，都不会忘了你们。你们如果能过来帮忙，我可是求之不得啊！公司里的事经常把我弄得焦头烂额，那么多事等着我去处理，真是不当家不知柴米贵啊！”

他们仨看到王博众非常希望他们过来帮忙，便立刻辞去手中的工作，他们兄弟仨是在乡下长大的，毕业后也没怎么出过远门，这里的一切对他们来说都特别新鲜。两天之后一人拉着一个行李箱投奔王博众来了。王博众当晚就带着赵小曼和于菲菲亲自接见这三位情同手足的兄弟，王博众租的房子正好有另外四个床铺，于是曾经在一起交情很深的四兄弟又阔别重逢聚到了一起。王博众在接见另外三个兄弟之前，就已经吩咐赵小曼在一家四星级酒店订了一个包厢，专门为这三位同窗好友接风洗尘。

另外三个兄弟看王博众身边跟着两个年轻貌美的姑娘

都羡慕死了，异口同声坏笑着对王博众说：“还不赶快给兄弟们介绍一下，从实招来，抗拒从严！坦白从宽！”

“三位兄弟误会了。这位是我的助理赵小曼，旁边的这位是我的好朋友于菲菲。”

王博众简单地介绍了她们俩的名字。

赵小曼当时觉得王博众的朋友说话有点不考虑别人的感受，就变了脸色也不甘示弱：“放肆！请你放尊重点！尊重是相互的！今天要不是看博众哥哥的面子，我跟你没完！”

王博众看赵小曼生气了，连忙安慰她说：“小曼有所不知，这位兄弟刀子嘴豆腐心，直来直去，心思意念就像矿泉水一样纯洁的。他开个玩笑只是为了调节一下气氛，小曼不了解我哥们，也希望不要往心里去。”

史有理笑着说：“博众哥，什么时候变成说客了？说得我等心服口服啊！”

“哪里哪里，以德服人，将心比心嘛。”王博众也谦虚地补充了两句，紧接着就是介绍史有理的时间了。

“这位是我平时经常和你们说的我们当年四大风云人物之一。历史典故倒背如流，多少次在课堂上发现历史老师讲错，多次打断然后自己滔滔不绝讲下去的眼镜兄史有理。”

“这两位一个是力大如牛当年安大多次见义勇为的英雄模范杨康，另一个小时候的梦想是长大后办个养牛场，然后他家里就给他起个牛大鹏的名字。”王博众刚刚说完，旁边的四五个人都被他的幽默言辞逗乐了。

六个人都爱喝酒，于菲菲和赵小曼虽然是女孩子，也是巾帼不让须眉，酒量惊人。

六个人喝了一瓶又一瓶，酒过三巡杯盘狼藉之后，杨康说："如果不是因为今晚有两个美女陪我们喝，也许我们都没有这么大的兴致呢。"

王博众白了他一眼，脸上露出一副很不自然的表情。杨康看王博众可能真的生气了就没有再说下去，原本和谐喜乐的气氛瞬间变得凝结起来了。

这时史有理说："哥们带你们出去透透气吧！咱们再不走，人家饭店就要打烊轰咱们走了。"另外几人也点头微笑打圆场说："都是自己人，不要闹得就像小孩子过家家似的。"

六个人喝得酩酊大醉，在回家的路上不约而同地合唱着卓依婷的那首歌《明天会更好》："轻轻敲醒沉睡的心灵，慢慢睁开你的眼睛。看看忙碌的世界是否依然孤独地转个不停，春风不解风情，吹动少年的心。让昨日脸上的泪痕，随记忆风干了……让我们的笑容，充满着青春的骄傲，为明天献出虔诚的祈祷。"

王博众路上偶遇贴膜哥胖子，他拍了拍胖子的肩膀说："这几年在外面真没白混，倒是学会了一些社会经验，如果不行就跟我干吧！挣得多少就要看你的本事喽。底薪勉强够你一个人一个月的生活费和房租，看你能力，上不封顶！”王博众一边说着一边递给胖子一张名片。

胖子接过名片，扫了一眼名片上的办公地址，某某大厦写字楼一单元926室某某文化传媒有限责任公司总经理，“王博众”三个大字是那么的震撼人心，他就像守财奴突然见到了一箱子价值连城的珠宝一样喜出望外，“当初我胖子不知天高地厚那些日子多有得罪，还望王总不要怪罪！王哥才是我的金窝窝。”

“得了吧你！回家拍你家老头马屁吧！还是叫王哥听起来舒服点，如果想过来，明天上午九点准时到我公司报到直接上班。先从业务员做起，到时会有人带你一段时间熟悉一下业务。如果不想来上班，也欢迎有空来我办公室坐坐。时候也不早了，我也该回去了，就不下车送你了。”

胖子兴奋得一个晚上都没有睡好！有一个问题他百思不得其解：究竟是什么原因让王博众白手起家咸鱼翻身的呢？不会是忽悠我吧？当初刚刚认识王博众的时候他都有点从心里瞧不起王博众，这才不到半年的时间，他竟然变化这么大。那句话说得真好：“21世纪最宝贵的是人才。”还是有知识有文化好啊！如果苍天再给我一次机会，我一定好好学习，将来努力成为国家栋梁之材。

第二天早上，胖子带着好奇心坐地铁然后又转公交一共用了一个小时左右的时间终于辗转到了王博众办公的大厦楼下。胖子小张刚准备上去突然又有点心虚了，他在想我当初耍了他一次，也没有教他贴膜这门手艺，我到他公司万一他小肚鸡肠给我小鞋穿怎么办？他犹豫了三分钟之后还是进了电梯，心想先上去看看再说吧，不能把人家都想成像我这种斤斤计较、鼠目寸光的人。

电梯在 9 层停了下来，他诚惶诚恐好不容易找到了 926 室，那时候刚刚八点十五分，王博众还没有到公司，第一个到公司的是牛大鹏和史有理。胖子提着两个黑色塑料袋东张西望贼头贼脑地走进王博众的办公室，牛大鹏和史有理半认真半开玩笑地调侃胖子说：“你是送外卖的还是捡瓶子的啊？这么早就来了，太敬业了吧？好像还没有到吃饭点呢吧？”牛大鹏看胖子比他还胖也随声附和起来。

“我我我，”胖子一激动结巴了起来，说话吞吞吐吐：“我我我，是来面试的！你们——王总昨晚让我今天九点之前来他公司等他的，我和他是铁哥们。”

牛大鹏：“像你这样来跟我们王总攀亲的多了去了。”

史有理：“大鹏，人怕伤心，树怕伤皮。”

史有理看胖子以后可能成为同事，就连忙招呼大鹏给胖子倒了杯水，很客气地让胖子进来坐下慢慢说，告诉他王总马上就到了。

自从胖子、史有理、杨康和牛大鹏加入王博众的公司之后，王博众的公司出现了一次人事调动，有的老员工意识到了岗位的危机，有三个已经主动请求辞职，有的还在硬撑着。杨康兄弟三人之前底气十足，现在不知为何突然有点诚惶诚恐，来到了王博众的公司他们感觉好像有一座大山压在他们哥仨身上似的，也许是对手无论气场还是实力都太强悍吧。

王博众在员工大会上也强调了这么一个问题：“在这里谁都不是谁的领导，我们只是一个团队，我们留下的和新来的都要有集体荣誉感。我做事大家放心，我只对事不对人，对每一个无论是老员工还是新员工都是一视同仁，决不偏袒护私。我们公司一向奖罚分明，唯才是举，谁都不要抱侥幸心理。”这次员工大会王博众把上月的流水总收入和业绩都简单地介绍了一下，办公室的黑板上还公示了每月一次的业绩排行榜，只取前三名。上个月业绩排名第一的是业务部经理王贤明，王博众话音刚落立刻响起潮水般的掌声。

王博众用了半个多小时开完会后，大家又重新投入到各自的岗位上去了。史有理因为博览群书满腹经纶，王博众就任用他为项目部主管，主要负责公司企业文化宣传和一些项目部的策划方案，杨康和牛大鹏因为涉世不深坐不住板凳，就让他们暂时加入业务宣传部开拓新客户，第一个星期由老员工带几天，业务熟练之后再单枪匹马上战场。

王博众经过这一番磨炼之后，渐渐积攒了一些做生意的经验，也具备了一个老板应当具备的办事能力和气场。

四兄弟自从在北京相聚之后，住的地方又像是大学期间的寝室，下班回来偶尔一起出去下馆子，偶尔亲自下厨露一手，无聊的时候四个人会围在小桌旁打扑克，累了就睡在床铺上，日子过得很快也很舒适。

因为于菲菲三天两头去找王博众，每次不是史有理与牛大鹏哥仨回避就是王博众出去，时间长了牛大鹏和史有理哥仨都说太不方便，私底下协商好了，只住了半个月三个人就重新租了一间同样是床铺的房子。王博众特别了解自己的兄弟，所以也没有做表面工作，十分尊重兄弟仨的选择。

就在牛大鹏他们仨搬走之后，王博众出了一趟远门见了一个大客户，又去广东深圳考察了一个项目，在外出差整整一个星期。等回来的时候发现家里进贼了，而且还放进了一只流浪猫。王博众一开门看到房间的东西被翻了个底朝天，一只瘦弱的小猫咪十分委屈地叫了一声。当时那只流浪猫已经饿得四肢无力，就像个犯人似的轻轻迈出这间屋子。

每当夜深人静的时候，时间的沙漏就像厨房的水珠充满节奏地滴落，那一滴又一滴坠落在王博众那颗蠢蠢欲动烦躁不安的心上。那些往事一次又一次在脑海中回放，多少次闯入熟睡的梦境，有时又多么像冬日激情燃烧的烈火。

北京的春天闪电般转身而过，经常刮风，一刮起来就会像一个刚刚受过刺激的人突然歇斯底里变得一发不可收拾。

人们这时候都已经脱去棉鞋、保暖内衣和厚重的羽绒服，一个个精神抖擞地换上了单薄的衣装。现在正是女孩子大显身材的大好时机，同时也是很多女孩最苦恼的一个季节的开始，想减肥的这时候一个个都忙得不亦乐乎，好像再不减肥就嫁不出去似的。

王博众一想起刚来北京时那段不堪回首的往事，就像噩梦初醒般，尽管时隔数月依然心有余悸。他依然记得刚刚来北京下地铁一位好心大叔对他的那句忠告：“年轻人，看你背着书包和行李应该是刚来北京吧！记住一定要保管好钱包和贵重物品。”王博众当时并不以为意，直到三个月后身份证丢失，才想起那位好心大叔的忠告，那时候为时已晚。

他永远不会忘记坐长途汽车二十多个小时然后转车回到自己家乡补办身份证的教训；他不会忘记卖猪肉时老板给他预支一百块钱，他在半路买了一辆二手自行车，结果第二天撞上路边停放的一辆破车，车上走下的一男一女戴着眼镜看起来像是读过几年书的，为难他，一开始让他赔两百块钱，他无奈之下掏出口袋中唯一剩下的五十块之后，那个露宿街头的夜晚；他不会忘记沦落到身上只有最后一枚硬币时，在西三区买馅饼，因为就差五毛钱，卖饼的不但不愿意卖给他，脸上还露出鄙视的表情的耻辱；他不会忘记他来北京立下的那个不衣锦还乡誓不为人的志向；他更不会忘记曾经被嘲笑奚落过的梦想。

就在史有理来到北京第一个月底，遇到了心中祈祷了一百次（求上天赐予他一个女朋友）才得以见到的梦中女孩，这个姑娘在北京一家广告公司上班，主要负责图文设计。那天史有理去打印室打印一些资料，正好与那个姑娘擦肩而过，史有理当时看到邵水萍的眼神就像触电般空洞无神，此时此刻，史有理感到自己的灵魂好像被眼前这个女孩所俘虏，此后邵水萍成为了他北漂路上最大也是最结实的一根精神支柱。因为这个材料需要配图和设计，史有理就这样以诙谐幽默的谈吐和平时的周到体贴关心，速战速决赢得了邵水萍的芳心。有这帮兄弟和女友的陪伴，史有理漫长的北漂旅途从此不再孤单。

杨康在来到北京的第二个月初遇到了一个心仪的姑娘，那个性格大大咧咧的东北姑娘在人生的低谷期遇到了热心的杨康，杨康在她最需要帮助的时候不离不弃守候在她的身边，最后赢得了她的信任。这个北漂创业队伍就像屎壳郎滚屎球一样越滚越大，又像一个旅游团似的充满着欢声笑语。

牛大鹏和杨康利用“群众演员剧组直招”这个网络平台，在平时每个双休日做起了群众演员，当起了路人甲路人乙，有时演抗战剧的“皇协军”，有时演街头乞讨的乞丐，有时候是一上午，有时候是一天，只要有戏拍，每次他们都很准时到达指定的地点。平时每天挣五十到一百块钱，扮演破衣烂衫的乞丐挣得稍微多点，虽然有些辛苦，不愿意穿那些又破又脏的乞丐服，但是为了多挣点外快又不得不暂时委曲求全。

自从离开学校离开父母，他们才发现他们真的应该出来磨炼一番。以前读书时他们的社会经验太少了，尤其是生存技能，虽然没有《鲁滨孙漂流记》里描述的那么出神入化，但也能体验到意想不到的乐趣。

一天晚上，王博众正躺在床上看企业管理方面的书籍，突然听到有人敲门，他下意识地问了句谁，门外的人继续敲了三遍，但依然没有报上姓名，王博众走上去从门眼里看到三个陌生的男子悄悄地走了。那天晚上他把床移到门边。他平日里也没有得罪过谁啊，难道是被跟踪了？还是因为露富遇上强盗了？

那一夜他提心吊胆，他在半夜给于菲菲发了一条短信，于菲菲立刻回了一句：“怎么了？还有什么场面我们的王大老板没有见识过的？”为了不让于菲菲担心，王博众说：“没事了明天见面再说吧！”王博众从小到大经历过很多次惊险万分的场面，但是每次都化险为夷了。

第二天一大早，于菲菲就来到了王博众的住处，在门外敲门。

王博众是被于菲菲的敲门声给叫醒的，其实王博众的闹钟已经响过一遍了。王博众立刻从床上坐起来，嘴里小声嘀咕了一句："他奶奶的，都天亮了还有强盗吗？门外何人，速速报上名来！不然我不开门。"

于菲菲说："本小姐命令你一分钟之内开门，不然我这一脚踹下去，明天你就等着换一扇门吧！"王博众听出了是那个霸道的女汉子于菲菲的声音，穿着睡衣立刻去开门，没想到王博众那句小声嘀咕让于菲菲那和狗一样灵敏的耳朵给听到了，"本小姐我不劫财只劫色。"说得王博众差点笑喷了。"早饭呢？"

于菲菲拍了三下手掌，门外突然进来一帮蒙面黑衣人，看发型有男有女，男的五个，女的两个，"于菲菲，你这个忘恩负义的坏女人，我王博众哪里惹你了？你这样对我？你这是要干吗？真的要打劫吗？"

还没等王博众说完，于菲菲就让另外七个伙伴把王博众给绑在了床上。其中的一个黑衣蒙面人拿出匕首架在王博众脖子上说："家里藏了多少钱？赶紧交出来，不然小爷这一刀下去你就没命了。"王博众也不甘示弱，头一扭，哼了一声："要杀要剐痛快点，分文你们都别想得到，你们这简直就是敲诈勒索！我要报警。"

"大姐，这小子嘴还挺硬的，要不要哥几个给他点颜色看看？”就在带头的那个黑衣蒙面人准备动手动脚的时候，于菲菲大喊了一声：“慢着！够了，大家都把面罩摘下去吧。再这样欺负博众哥哥，博众哥哥肯定会恨死我的。”然后大家一起解下了头上的蒙面。

当时有个伙计随口唱了一句：“你总是心太软，心太软。”王博众当时以为于菲菲是黑帮老大呢，这时心头就像卸下一块石头一样叹了口气。于菲菲让王博众看清楚眼前的都是谁，这时王博众一看带头的那个是史有理，第二个是牛大鹏，第三个是杨康，第四个和第五个是他公司的业务员胖子和小李，其中的一个女孩是他的助理赵小曼，最后一个女孩是于菲菲的闺密李小兰。

王博众忍不住把于菲菲数落了一顿：“你这个黄毛丫头，平时看你外表平淡无奇，没想到还有打家劫舍的本事，不简单啊！我堂堂七尺男儿顶天立地，做人做事一向光明磊落，上对得起天，下对得起地，素来只与人结缘不曾与人结怨结仇，今天还真的差点被你们这帮小兔崽子给忽悠了。你们这帮人什么时候变得这么团结？”牛大鹏和杨康异口同声地解释道：“博众哥哥，我们不是故意的，看你平时压力挺大，只是逗你玩玩。”

“我们都是从五湖四海带着梦想来北京的，看到你们今天团结得像一家人，我从内心感到高兴，中午我请大家吃大餐。朋友之间就应该互相帮助，‘三十年河东，三十年河西。’谁敢说谁明天不会飞黄腾达？谁能保证一辈子什么事都不会遇到？谁能保证一辈子都不需要别人的帮助？这么说昨晚门外那三个蒙面黑衣人也是你们其中三个扮演的？”说完九个人都哈哈大笑起来，就像一笑解千愁那般释然。

那天中午吃饭的时候，大家一致投票打算给王博众推荐两个女朋友，让王博众在赵小曼和于菲菲中选择一个，并再三强调二者只可选择一个。当然这两个女孩对王博众都是爱慕有加暗恋已久的。王博众当时就做了个打住的手势：“你们的好意我心领了，你们这是要我重蹈封建家庭包办婚姻的悲剧吗？我一个崇尚自由爱冒险的 21 世纪思想进步文艺青年，岂能让自己的人生任由别人操纵？”王博众还是没有注意收敛一下那锋芒毕露不可一世的个性。

牛大鹏带头提议，看王博众不让帮忙就不再勉强，连忙招呼大伙吃菜喝酒。牛大鹏看王博众有点不高兴，就端起杯中的啤酒说：“博众哥哥，你真是一条汉子！你随意，我先干为敬！当是为刚刚的话赔礼道歉。”

王博众笑着说：“大伙都是自己人，何必过于在意那么多礼仪规矩的？兄弟不要往心里去，我知道大伙都是为我好，这个我心里有数。我现在一心以事业为重，男子汉大丈夫没有一份稳定的事业，爱情在物质和现实的社会里是多么的脆弱不堪一击，我算是深有体会。对于感情我不会刻意追求，该属于我的相信上天肯定会为我预备的，不属于我的即使我得到了也会很快失去。”

赵小曼说出了他们共同提议给王博众物色女朋友的原因，目前为止只有王博众被蒙在鼓里。原来在杨玉莲上次回去之前的一个晚上，杨玉莲约赵小曼出来喝咖啡的时候告诉了赵小曼一个秘密。杨玉莲一开始打算亲口对王博众说的，她怕一旦说出她就再也没有机会见到他了，她怕一旦说出就狠不下心舍不得走了。杨玉莲已经和老家那个人订婚拍过婚纱照，而且即将准备结婚，她嘱咐赵小曼照顾好王博众，让王博众彻底死心吧！这辈子他们俩是没有希望了。

王博众这时才突然醒悟为什么杨玉莲当初再三提出分手并故意说出那些狠心的话，原来他曾经以为可以相伴一生的女友已经移情别恋心里没有他了。在兄弟们面前他表现得异常的镇定，结完账走出餐厅的那一刻，他再也控制不住自己的情绪，赵小曼和于菲菲还有李小兰一起走上去安慰他。

李小兰说：“这么优秀的一只潜力股不好好珍惜，说明这个女孩以后没有福气。”

赵小曼说：“可不是吗？要想找到我们王总这么优秀、有知识修养又有钱的21世纪思想进步文艺青年，就像沙里淘金一样，可不是件容易的事。”

于菲菲连忙补充道："博众哥哥，失恋并不可怕，可怕的是有些人完全陷入其中无法自拔。你要振作起来，要让这件事成为你成长路上的垫脚石而不是绊脚石。你在我心目中一直是个顶天立地的男子汉，博众哥哥，我永远支持你。"

王博众抱着脑袋感到一阵头疼，"都别吵了，能不能让我安静几秒钟？"时间是最好的解药，那些深深浅浅的伤口都会随着时间慢慢愈合，还是牛大鹏比较了解他："姑娘们，咱们回去吧，不要打扰他了，让他一个人好好静一静，他现在这个状态谁的话都听不进去。"

王博众一个人走在大街上，看着散乱的行人和车辆，他感到无比心痛，他不知这个社会上还有多少人值得信赖。他曾经憧憬的那么多美好的生活，如今在现实面前全部成为空气中的泡沫一吹即散。

真正爱过一个人哪能那么快就忘记？即使暂时忘记了也会在夜深人静时在心底的某个角落浮现。从那一刻起，他感到他这么多年从来没有为自己好好活过，真的有些辜负家人和朋友的一番苦心劝慰。

他很快又调整好了心情，投入到了公司的大小事务之中。一天，一个远方的亲戚在电话里说可以帮助他融资一百万，并说可以帮助他把公司做大。这个消息对做梦都想在北京占有一席之地的王博众来说就像是天赐良机，他都没有问清合作条件就连连点头，在电话里表示可以签合同，下班之前他宣布了这个好消息，其他三个铁哥们都说这事情有点蹊跷，来得太突然了，好事怎么可能都让你一个人给摊上?

“兄弟，还是三思而行吧！咱们公司财政没有出现危机，我觉得应该稳中求胜而不是一步登天。”杨康的这番话让大家顿时对他刮目相看，真是人不可貌相，海水不可斗量。王博众对杨康竖起了大拇指，但是此时此刻的他已经被这个消息冲昏了头脑，发财梦在他的脑海中早就根深蒂固，好不容易等到这么个好机会，他不会轻易放弃的。

于菲菲也劝他不要贪小便宜，天底下哪有那么好的事，股份只占百分之十五? 那天他兴奋了一整个晚上。

两天之后，这个远方亲戚果然带着一位四十多岁的投资商如期来到北京与王博众会面，事情发展得十分顺利，王博众早就为慕名而来的投资商和这位远方亲戚在五星级饭店摆下了宴席。王博众带了赵小曼和于菲菲还有另外三个铁哥们，大略看了一下甲方和乙方的合作守则，不假思索地签下了这份合同并盖上了公司的印章，而盖章和签字就意味着合同产生法律效力。有了这笔巨款之后，王博众不顾还有最后一个月的房租和押金一共六千多块的损失，甚至不顾牛大鹏兄弟三个的一致反对，毅然决然地租了两个办公室，一共 100 多平方米，并招聘了一批新人。

自从融资的事情做好之后，王博众就像科举考试好多次才考中的范进一样兴奋，一切都如想象中那么完美。没过几天他终于忍不住给他的父亲打了个电话，说有人融资了一百万给北京分公司，合同什么的都已签过。当时他的父亲特别的惊讶："天上不会掉馅饼的！臭小子，不是你爸我看不起你，就算有那种好事，目前还轮不到你！你好好想想吧！别高兴太早了，后边有你哭的。"王博众的父亲刚刚说完立刻啪的一下挂了电话。父亲的这番话就像一盆冷水泼在了他的头上，就在这时王博众心里有一种不祥的预感，他突然想起这个远方的亲戚曾经与他家有生意上的过节，已经有三五年不曾来往了。

王博众突然意识到投资商随时有撤资的可能，短期之内如果不能兑现项目策划书上那么好的前景设想，一切都会像一座没有钢筋的大楼土崩瓦解。投资商个个都十分精明，看中的就是收益，人家没有太多的耐心像做慈善一样帮助一个公司成长。他感觉就像是中了远方亲戚的一个圈套似的整天坐立不安，他能够想到的最坏的结果就是公司宣布破产而后自己一无所有。

王博众在这种紧张的气氛中坚持了二十天左右，原本以为公司可以如虎添翼迅速发展起来，没想到最担心的事情还是发生了：投资商果然不出所料借口资金紧张闪电般撤回了投资的一百万，这一天比想象中稍微晚了三五天却还是到来了。还清了投资商的一百万加上之前的透支之后，王博众的公司账户上一个月的员工工资都发不出了，而且负债累累，一些员工带头起哄说不管怎样我们的工资一分钱都不能少，否则我们砸了你的办公室。王博众看到这些新员工为了工资情绪如此失控，还是毕恭毕敬地说了一番话：

“首先感谢大家这一路的支持和努力，现在投资商撤回了那笔巨款，公司正面临前所未有的资金链断裂，不是我故意拖欠大家的工资，我知道大家跟着我这么久也不容易，只要大伙相信我，给我两个月时间，我一定把拖欠的工资全部结清，要不今晚带大家吃顿大餐？”其中两个刚来不久的员工就大声嚷嚷起来：“吃饭能吃几个钱？哥几个都是上有老下有小拖家带口的，一家老小都指望我们供养着呢。没钱开什么公司！回家种田去吧！别丢人现眼了。饭我们今天就不吃了，十天之内发不出工资，走着瞧吧！”公司一共十个员工，王博众抬头的时候其他的都陆续走了，并且在走时把办公桌上的东西摔了一地。

只有助理赵小曼、史有理、牛大鹏和杨康四人站成一排异口同声地说：“我们誓死与你同甘共苦，留得青山在，不怕没柴烧。”这些勉励的话已经足够给他安慰，他为当初的刚愎自用懊悔不已。

那天晚上王博众去湖边漫步，他突然想起一句话：“有时候困难并没有我们想象的那么可怕，更多的时候我们只是被困难吓倒了而已。”

所以我们要敢于面对，在哪里跌倒就在哪里爬起来，这才是真正顶天立地坚强而又勇敢的男子汉！

第二天公司只剩下他们五人，显得空旷了许多，一大早王博众剪了个精神的短发，一身西装革履来到了办公室，就像昨天发生的那一幕是一场梦似的。王博众的淡定让留下的四个忠心合作伙伴铁杆粉丝团队士气高涨，牛大鹏竖起大拇指对其他几位合作伙伴说道：“这才是干大事的人，我相信我们没有跟错人！”

王博众发不出工资，牛大鹏和杨康继续利用周末做群众演员，赵小曼在一家国际大型超市做起了兼职酒水促销员，王博众利用下班时间摆了一张小桌子、一个板凳和一盏台灯，在小区通往超市和商场的必经之路的人行道上贴膜，卖起了移动电源、耳机还有数据线。

在大城市里摆摊并不是一件丢人的事，很多白领和上班族都会利用下班时间摆起一个个小摊，一般都是小情侣或者夫妻。有的卖女生喜欢的各种挂件头绳发卡小饰品，有的卖香水和指甲油，有的卖男女式袜子和拖鞋，有的卖浴巾和毛巾，还有两个大老爷们更逗，白天跑黑车拉黑活，晚上卖起了女士丝袜。夏日的夜市是北京的另一道风景。

发不出工资，王博众就买了个大电饭锅，每天第一个到公司亲自给大家熬粥喝，中午让赵小曼去附近的菜市场买一样荤的，几样蔬菜和水果，自己掌勺。赵小曼和牛大鹏他们分工合作，有的负责洗菜，有的负责洗碗打扫卫生。

于菲菲听赵小曼说投资商闪电般撤回投资的那一百万之后，拿出了身上仅有的五千多，并告诉王博众银行还有六万定期存款，需要时也可先拿去用。王博众誓死不肯接受，他告诉于菲菲："菲菲，有你这份心意就够了！从认识你到现在我已经欠你太多了，我王博众何德何能让你对我这么好？最难还的就是人情债。"

"博众哥哥，我爱你，没有任何理由，飞蛾扑火般不顾一切地爱上了你，即使为你赴汤蹈火也在所不惜，只要你愿意，这条命你都可以拿去。你是我见过的最善良最正直的男人。"于菲菲就像背表白台词一样在心里反复说了两遍。

王博众的初恋女友从此杳无音信，就像人间蒸发似的，他偶尔还会想起几句热恋时印象最深的情话，她会不停地喊他老公看他有什么反应，她也会模仿蜡笔小新说"妈妈我回来了""老公我回来了"，还有每次肚子饿了时在他面前模仿QQ表情舌头从上唇划过的可爱模样。

那些回忆就像童年时冬日里总喜欢爬进被窝取暖的猫咪一样，每次把它扔出去它都会自己爬进来。其实每个人回忆的橱柜里都爬满了往事的脚印，那里收藏着我们最不愿意提起的一碰就碎的心愿。

王博众经过这一番打击之后，不但没有委靡不振，反而越挫越勇，没有人比他更清楚这一连串的打击和困扰就像一块垫脚石，仿佛他人生这一条路只允许他前进不可有丝毫的犹豫和停留，仿佛他走过的每一段路就像一座定时坍塌桥梁似的，只要他一回头观望就可能陷入一种更深的恐惧和慌乱之中。他在挑战一种别人无法想象的高度。

眼看身边的一个又一个好友拿到本，买了一辆新车或者二手车，这一点让王博众时而迷茫时而惆怅，眼前公司的财务危机已经让他手忙脚乱六神无主，买车买房对于他来说还是个遥不可及的梦。他现在一心想着怎样把事业做好，其他那些美好的事物和愿望只能暂时放一放，等哪天时机成熟，如果还有机会，再重新捡拾那份藏在心底的遗憾。

太过迁就自己拖延的每个任务和决定，甚至浪费的每一天每一分每一秒，都等于是在浪费自己的生命，有些事现在不做，可能一辈子都不会做了。如果你想做成一件事，全世界都会来帮你。

王博众回公司提前了十分钟，没想到客户竟然提前了十五分钟，那个客户是个二十岁出头眉清目秀的市场部经理，一看竟然是安大计算机科学与技术专业和王博众同一届毕业的一个校友王梦影。王博众就像见到亲人似的连忙招呼小曼拿公司贵宾级黄山毛峰招待客人。王博众和王梦影聊起了家常和这一年多的工作经历和见闻，一激动差点忘了今天下午的重点合作事宜，多亏了校友的提醒，王博众才回过神来。

因为有曾经的大学校友对王博众平时为人处世风格和人品的了解，这笔订单很快达成共识，双方签了一份合同。合作需客户支付百分之三十的预付款项，王梦影早已准备好这笔订单的预付款十万元人民币，通过网上银行转账给王博众。

牛大鹏看到王博众不到十分钟就挣了十万块，心想凭什么你可以我不可以？牛大鹏越想越是不平衡，于是一个邪恶嫉妒的念头在他的脑海里不停浮现，真是一念之间悲欢交织成了魔，他想整垮王博众的公司，他想亲眼看到王博众摔倒举目无亲的狼狈模样。一个大学四年亲如手足的兄弟，如今已经无法控制自己的理智，这种即将堕入地狱的思想一点点在他的心头蔓延。

王博众语无伦次地感激地说："这笔订单多亏校友的鼎力支持，今晚我请客，咱们好好叙叙旧，肯定把你招待好。"

王梦影看他如此激动补充了一句："博众哥应该听过中国那句古话吧，'肥水不流外人田。'这笔单子给别人也是给，给我的博众哥哥也是对你事业的一种支持吧！"

"老同学啊！你是有所不知，当年我身上就带了五百块钱独闯北京。像我们这些无房无车无亲无故的90后北漂青年，在竞争如此激烈的首都北京，要想生存下来，你根本就无法想象是多么的艰难，简直如履薄冰举步维艰。首先你必须得有一项谋生技能，在北京月薪两千多都不知道怎么活下去。”

“就带五百块钱你也敢来北京这个大地方？佩服！别说五百块钱，就算给我五千块钱，无亲无故的我也不敢来北京闯荡，没想到这一年多你经历了这么多非同寻常的人和事，万万没想到的是你竟然有这番魄力独闯北京。不过我发现你现在越来越像一个生意人了，而且比以前更会说话办事了，看来这一年多你是不虚此行啊！没有给咱母校丢脸。”说完两人相视而笑。

王博众吩咐赵小曼今晚六点半在公司楼下一家时尚餐厅定下了一桌宴席，专门款待这位立下汗马功劳的大学校友，饭局上王博众叫来了于菲菲和李小兰，助理赵小曼、新来的会计文斌斌、杨康、史有理、牛大鹏以及他们各自的女朋友一共十二个人，都是二十多岁风华正茂的年轻人，同龄人聚在一起，有很多共同话题，王博众提议大家都自我介绍一下就开饭。

王梦影成为这场晚宴的主角，王博众带着大伙共同向王梦影举杯，不会喝酒的几个小姑娘都是以茶或者饮料代替的，而于菲菲巾帼不让须眉酒量惊人，王梦影因为工作需要经常有饭局也练出了半斤不醉的酒量。一开始于菲菲看到一张漂亮的陌生面孔以为是王博众公司的新员工而有点吃醋，用鄙视的眼光瞥了王博众一眼，不怀好意地说道：“你是招聘员工还是打算以后开选美模特公司？”

饭局上有两个姑娘陪酒气氛就是不一样，王博众兄弟四人觉得特别潇洒越喝越有劲，喝着喝着王博众念了两句李白的诗：“人生得意须尽欢，莫使金樽空对月。”

刚刚念完四下里响起一阵掌声，杨康说：“大家想不想让当年咱们安大第一才子给大伙吟诗一首,活跃一下气氛？”这时的王博众已经喝得头重脚轻趴在了桌子上，于菲菲连忙招呼牛大鹏、史有理和杨康停下喋喋不休七嘴八舌的议论，不能再让王博众喝了，他已经醉了。这时在划拳喝酒的史有理和牛大鹏他们才停下来。王博众也不甘示弱，一字一句反驳道:“谁说我不能喝,李白兄斗酒诗百篇,长安市上酒家眠呢。我怎么可能就这点酒量呢？俺也算个文人。”

会计文斌斌把晚宴钱付完已经是杯盘狼藉之时，打车送王博众回去的是于菲菲和李小兰，王梦影也紧随其后跟着于菲菲，那一晚王梦影在于菲菲的家中睡了一夜。

没想到牛大鹏经不起金钱的诱惑，被另一家经营相似项目的公司给收买了。

从此只要王博众公司推出什么新的项目、起草什么重要方案，对手都会第一时间知道并以各种方式和途径阻止王博众公司的发展运营，给公司带来了难以估量的经济损失。王博众斩钉截铁地发誓说一定彻查此事，一经发现绝不姑息，立刻让他原形毕露。他开始怀疑公司出了奸细，刚开始还没有在公司早会上通报，时间长了小曼也觉得公司出了什么问题，她排查了公司管理章程、员工的工作态度以及整个项目策划的方案，没有发现一处漏洞。她也开始怀疑公司有奸细，那天她带着这疑问和王博众沟通了一番。

“王总，看你这几天挺操劳的，你辛苦了。我觉得咱们公司里可能出奸细了，不然对手不会那么准确地掌握我们公司的一举一动，除非神机妙算请了高人相助。”

“小曼，你说得对！我也是这样想的，我正在暗地里调查此事，一经发现绝不姑息。”

王博众买了一个保险箱，用来存放项目策划方案，之后公司就恢复了原先的平静。

有什么大的项目策划方案，只有王博众和赵小曼知道，其他的人一概不知不问只管做好本职工作。

王博众正在实施三十六计中的缓兵之计，过了几天之后，对方公司看拿重金收买的牛大鹏没有做出任何一件对公司有利的事，就亮出了底牌：给你一天时间，如果再找不出重要的材料，从明天开始就不用过来了。王博众觉得是时候亮出他的杀手锏了，那天下午他故意提前一个小时离开办公室，同时给其他同事都安排了任务，留着助理小曼在办公室监督，果然下班之后发现了一丝线索。

牛大鹏说要加班，说这几天和老婆吵架不想回去那么早，赵小曼看牛大鹏执意要加班，于是就带上了房门下班了，并给王博众发了一条短信：“发现可疑目标，你过来看看吧。那个人没有证据之前我真的不忍心说出他的名字。”王博众直接想到了史有理、杨康和牛大鹏三人，他叹了口气说：“这里没你事了，你先回去吧！我知道该怎么处理。”

赵小曼走后大概半个小时，王博众悄悄来到办公室门外，听到办公室里有翻箱倒柜的声音，他猛地推开门，一看是牛大鹏，这时的牛大鹏已经被王博众这一举动吓得魂飞魄散，立刻跪在王博众的面前说：“王总，我知道错了，看在你我多年兄弟的分儿上放过我吧。”

王博众的心情再也无法平静，他的眼神就像随时会爆发的火山一样充满着愤怒和绝望，然后忍住了怒气，哽咽地指着牛大鹏喊道：“我真想给你一拳！大鹏，你是缺吃还是缺喝呀？你来北京给我帮忙的这几个月哪次饭局没有带上你？你知道你在做什么吗？和盗贼有什么区别？我只要一报警你随时会被带走，甚至面临最少几个月的刑事拘留，我对你哪里薄了？你这样对我？你真的不配做我的兄弟！你走吧！从此我没有你这个兄弟！”

这时理屈词穷的牛大鹏失声痛哭起来，“王总，我知道错了，我真是个混蛋！我不该看你挣钱嫉妒你，为了你的对手的区区两万块钱就出卖我们的友情，我只求你再给我一次机会，我一定痛改前非。”

“够了！少在我面前装出一副虚情假意的样子，一个人对另一个人的信任只有一次，你走吧！看在咱们兄弟三四年的分上我不会张扬出去，你明天到公司结清工资，不要让我再看到你，如果公司的每个员工都无视公司的规章制度，公司岂不是会乱成一锅粥了啊！”

牛大鹏哑口无言立刻跑了出去，牛大鹏走在下班高峰期的马路上，他的内心遭受着强烈的良心谴责，那种感觉生不如死。那天晚上他独自来到住处附近的一家酒吧喝得酩酊大醉，正巧被路过这里的会计文斌斌看到了。

“咦，这不是大鹏吗？怎么今天有雅兴一个人到这里喝酒了？是不是和老婆吵架了？”

牛大鹏嘴里不停地自言自语说：“王总，我简直就是一个吃里扒外的王八蛋，我真的知道错了，原谅我吧！你只要肯原谅我,还认我这个兄弟,就算给我一刀我也愿意。”

文斌斌看牛大鹏嘴里都是认错的话，就亲切地对牛大鹏说：“牛哥，我是小斌，你对王总心中有愧，明天写一份两千字检讨交给我，兄弟我帮你说情，说不定王总心情好了宽宏大量放你一马呢？”一边说着一边搀扶着把牛大鹏给送了回去。

回到牛大鹏的住处，牛大鹏的老婆已经做好了闻起来就特别有食欲的饭菜，文斌斌经不住牛大鹏老婆的热情挽留就留下来吃了晚饭。牛大鹏喝了一杯开水之后，酒醒了，客气地对文斌斌说："谢谢你小兄弟，如果不是你，我今晚可能要露宿街头了。"

"这是哪里话，我了解王总的为人，他可能是一时生气说的气话，过两天就好了，咱们出门可是低头不见抬头见！在外谁都不容易，何况在一个屋檐下共事，在家靠父母，这出门靠朋友嘛，说不定哪天我跌倒了牛哥也会拉我一把呢。未来的事情谁猜得透说得准呢？两千字检讨可别忘了。"

"谢谢小兄弟提醒，哪天兄弟有事，只要兄弟开口，哥哥一定不会袖手旁观的。"

"好！有哥哥这句话我打心里高兴，明天见！别忘了写一份深刻的检讨。"

"好嘞，斌哥，一定，明天见！"

第二天上班时，文斌斌让小曼把牛大鹏昨晚用信纸写的两千字检讨转交给了王博众，王博众没想到牛大鹏还有这么一出，之前还以为是辞职信，检讨书里牛大鹏就像犯人供述犯罪经过似的，把那种内心的挣扎和良心的谴责等等都描写得淋漓尽致。王博众看后觉得牛大鹏是真的诚心悔过，于是拿给赵小曼看："小曼，对于大鹏这次犯的错误，如果是你，能否原谅他？"

"王总，上天有好生之德，得饶人处且饶人嘛。人家大老远过来投奔你，而且人家在检讨书上已经诚心悔过了，再给他一次机会吧！都是年轻人，谁没有犯过糊涂？谁不曾因为冲动做过荒唐的决定？”

“是啊！浪子回头，十年不晚。可是哪个大客户愿意再给我一次机会啊？”

对于王博众来说，他觉得自己做了一件功德无量的好事，于是对牛大鹏说了一句：“念你是初犯，情节虽然有些严重，看在你真心悔过的态度上，先放你一马，将功赎罪，下不为例！如若再犯，定不轻饶，谁来求情都救不了你了。”

牛大鹏对王博众说：“王总放心，我以后做事一定三思而行，决不重蹈覆辙了，我知道这次因为我的贪欲和嫉妒之心给公司造成了难以估量的损失，我一定会通过自己的行动将功赎罪的。”

“好吧！兄弟，去忙吧！过去的事就过去了。下次再犯即使你有一万个理由都不会再姑息了。”

经过一段时间的调整，王博众的公司又恢复了生机，于菲菲还是隔三岔五地来找王博众，赵小曼从之前的针锋相对互不容忍突然又变得好起来，和于菲菲竟然成了无话不谈的好姐妹。牛大鹏自此之后发奋图强努力工作，短短一个月之内，业绩排名第一，给公司带来了很大的一笔收益。王博众心想这么优秀的潜力股，是个销售高手，“得之我幸，失之我命”。

一天傍晚，王博众在下班路上经过的一家咖啡馆遇到了一边打工一边旅游的背包客发小魏小羊，“兄弟，来北京怎么不和兄弟我说声？”

“你是大忙人，平时都不怎么给俺打电话，我哪敢打搅你？”魏小羊漫不经心地说。

王博众听着听着眼泪就掉了下来，一方面是王博众一个人在北京有点像流浪，另一方面是想起了那个曾经让他寝食难安的女孩，那些过往的点点滴滴就像沙漏般在他的耳边滴落消失。

魏小羊和王博众是发小，对他的喜怒哀乐还是比较了解的，于是犹豫一分钟还是决定安慰王博众：“想她了吧？哥们劝你顺其自然吧！她要是真心想和你在一起谁都阻拦不了，她如果不想和你在一起，即使你们每天在一起，同床异梦又有什么意思？上天会为你预备一个好姑娘的，忘记一个真心爱过的人是很难，但是总不能一条巷子摸黑走到底吧？你还年轻，以后有的是机会。”

“呵呵，知我者魏小羊也！不愧是发小啊！还是羊哥比较了解我。”

“那是，你不看你羊哥我是哪个？当年我们读小学时背着书包一起上学放学。咱两家是世交，即使放寒暑假我们几乎每天都能碰面，这十多年的感情基础在这呢。”

“对了，这次羊哥来北京有何贵干？怎么这么突然？

让哥们我觉得有点意外，你以前做事风格可不是这样的。”王博众不解地问道。

“人都是会变的嘛，不是有人说过这么一句话吗？这世界唯一一成不变的事物就是变化。”魏小羊不知什么时候开始看书学习了，可能是经历过一些事，认识到“书到用时方恨少”那个惨痛的教训了，他突然有点后悔没有考大学了。

“请不要在一个文人面前舞文弄墨。”王博众面无表情淡淡地说。

“王总，你这不是典型的‘只许州官放火，不许百姓点灯’吗？我现在就是觉得当初学的知识太少不够用，现在很多老板都报名参加工商管理硕士（MBA）高级研修班了。别说咱这个无名小卒了，博众兄有机会可以报名参加那个培训，对你可是百利而无一害。”

王博众看魏小羊那股认真劲，不知不觉被魏小羊这番话感动了。

“哥们我今年去了七八个城市了，这段说走就走的旅行不仅让我开阔了眼界，而且还增长了很多见识。人生就像一段旅途，而我们每个人的手中都握着一张单程票，有空建议你也去一些名山大川看看，你会发现远离都市喧嚣的那种内心真正的安宁是多么惬意。”

“说不定哪天会在旅行的路上再次碰到杨玉莲呢？说

不定一次遥远的旅行会让你遇见能够真正和你相濡以沫守候一辈子的伴侣呢？这可不好说哦。人世间有那么多的巧合，机会有很多，你可要好好把握哦，这可是哥们我的恋爱秘诀，不是关系好到一定程度我都不会和他说的。”魏小羊一边说一边眨了下右眼。

“羊哥不会正在期待一场惊心动魄的艳遇吧？还是在寻找梦中那场惊心动魄的艳遇？”

“嘘，低调！小声点。公共场所不要大声喧哗。”魏小羊一边说着一边做了个食指放在嘴边的动作。

“我们的羊哥难道也有害羞的时候吗？”王博众用调侃的语气对魏小羊说道。

魏小羊的改变让王博众真的有点不敢相信，他在想下次再遇见魏小羊，他又会变成什么样的人？他在想如果有一天魏小羊飞黄腾达了还能看得起他吗？魏小羊这种变化让他有点为他们的友情担忧，没办法，王博众毕竟是学文的，骨子里始终有那种多愁善感的气质。

“之前我以为你在北京发展好了就看不起我们这些一起长大的小伙伴了呢，没想到你小子发财了竟然还没有把哥们给忘记，真是意料之外的感动。”

“我说羊兄你之前不是损我就是逗我，今天咋夸起我了？”

“从小到大你有你的追求，我有我的自由，还是言归正传吧，不扯那些没用的了。”一别数月，哥俩再次重逢聊了很多也很尽兴，竟然忘了吃饭，就在十点左右他们才发现饿了，来到一家烧烤店，喝着啤酒，没有一丝防备地聊着，直到于菲菲闺密打电话说有事需要王博众过去一趟，王博众才恋恋不舍地说声抱歉，魏小羊也比较理解他的做法，很绅士地说：“你先去忙吧！女士优先，好好照顾人家，咱们以后有的是时间。”王博众这才放心地买单离开了。

王博众怀着忐忑不安的心情晚上十一点多打车来到医院，于菲菲已经躺在病床上了。

“菲菲你怎么了？你说说话啊？你可不要吓我？我来看你了，你快点给我好起来。”

王博众一直把于菲菲当作自己的亲妹妹一样呵护着。如果不是因为之前遇到杨玉莲，他会毫不犹豫地选择菲菲这个乖巧懂事的姑娘。

于菲菲的闺密告诉他医生交代了菲菲需要休息一段时间才能醒来，身体已无大碍。原来于菲菲这天晚上心情不好一个人出来散步，在过马路时被一辆黑车撞到胳膊受了点惊吓，幸亏她的闺密和朋友正好开车路过这里，遇上了这惊险的一幕，及时追上了那个想逃跑不负责任的黑车司机。

在双方的协商下，黑车司机很不甘愿地赔了一千块钱，于菲菲的闺密才肯让他走，于菲菲的闺密说：“如果那个黑车司机当时主动道歉下车过来问候一下，我也不会那么为难他，如果我们报警，他驾车撞到别人还逃跑，不仅追究刑事责任，而且他的分也会被扣完，至少本姑娘还给他留了一条后路，就当是他破财消灾买个经验教训吧！”

大概十分钟之后，于菲菲慢慢地睁开了眼睛，第一眼看到的是王博众心情无比激动，当时就准备下床，她的闺密告诉她：“刚刚医生交代了，需要休息一段时间才能出院。”

王博众很严肃地对她说：“菲菲，你过马路怎么不注意点？虽然中国式过马路比较流行，但是也不能拿自己生命开玩笑啊！”

“博众哥哥，都是我不好！让你担心了。我以后一定乖乖听你的话。”于菲菲的脸上露出一副幸福的表情，其实即使为王博众付出生命她都不会说一个不字，更不会有丝毫的犹豫，这种爱越深让她的内心越受折磨，所以很多次她看见王博众对哪个女孩好都会吃醋。

看到于菲菲没事，王博众就把这里交给了她的闺密，让她闺密送她回家他也比较放心。他前脚刚刚迈出门就听到于菲菲喊了一声：“博众哥哥，你的钥匙和钱包落在这里了。”王博众下意识地摸了一下口袋，然后回去拿了钱包和钥匙，说了声晚安就离开了。王博众钱包里正好收藏着一个女孩的大头贴照片，而照片上的女孩正是前女友杨玉莲。王博众对前女友一直念念不忘，也许他自己比谁都清楚，他早该断了这份念想，也该忘了她曾经来到过他的世界里，给他带来了无限的惊喜和感动，还有眼泪和笑声。

第5章

料得相逢应不识

这个世界有一种幸福叫作失而复得，对于王博众来说回不去的不只是童年还有一岁半就缺失的母爱，在王博众这二十年寻母的漫长时光中，同龄人每天喊的一句妈妈对他来说都是奢望，就像小学教科书里小蝌蚪找妈妈，神话中的沉香寻母似的，王博众想搞明白母亲当初为何离开那个家，他想听母亲亲口说出那个迫不得已的苦衷。在北京工作的时候，只要遇到跟儿时父亲描述相似年龄段的女人都会打听那个女人来自哪里姓什么，父母是给予我们生命的人，不管任何的一方因为利益还是迫不得已的苦衷离开都该被谅解，一个人如果连父母都不能原谅，他的人生肯定走不远的。

——题记

王博众的母亲在他三岁时离开了他，小时候他体弱多病，无论多大的风，多大的雨，无论夏天天气如何炎热，父亲都会背着瘦弱的他四处寻医问药，王博众就是在这样一个支离破碎的家庭里成长起来的，从小的性格就显得十分孤僻，不爱和外界的任何同龄人接触，直到读书后才与同龄人一起玩耍打闹。

小时候过惯穷日子的他就立下志向，他觉得家庭的贫穷，不是他想要的，他现在唯一能做的就是发愤图强改变现在的生活现状，希望假以时日能够让辛苦大半辈子的父亲多享几年清福。

王博众情不自禁地沉浸在了童年的回想之中，后来父亲事业有成娶了个年轻貌美的女子为妻，后妈生了个妹妹，名字叫王佳丽。从小到大不论他有理没理只要妹妹哭了后妈总会打骂教训他，有什么好的东西几乎都留给了妹妹。

后妈对他总是一副冷若冰霜的表情，让他觉得形同虚设，感觉不到丝毫的存在感和些许的温暖。

所以说王博众的童年是孤独伤心的，缺乏母爱的，这也是他性格孤僻的原因，多少次在梦中见到自己的亲生母亲带着三个弟弟妹妹回来看他，可是梦醒后又回到了残酷的现实之中，他多么羡慕别人家的孩子放学回家有妈妈叫有妈妈疼爱着，他小时候最大的一个心愿就是能找回自己的亲生母亲，以至于亲生母亲走后的那一年多，性格倔强的他一直不肯死心，去他母亲曾带他去过的每一个邻居家寻找母亲。

每当思念母亲的时候，只能拿出柜子里的几张相片和唯一一份有些泛黄保存完整的回信，这时候耳边就会回响起信中的一句话：要是小博众能理解我当初的决定长大后就来认我，如果选择怨恨就让他去恨吧！其中的一张就是妈妈抱着他的合影，二十年了，他在想母亲如果还在应该早已有了一个新的家庭，有了自己的孩子吧？她会忘了他吗？二十年这么一眨眼就过来了。人生能有几个二十年呢？二十年前二十岁的母亲生下了他，二十年后他的母亲又是什么模样？又在谁的身旁？过得怎么样？这些他一无所知。他多么希望有一天在茫茫人海中与他找寻了二十年的亲生母亲再度重逢相认。

对于他的同龄人来说，见到自己的母亲太容易了，只要打个电话随时就能听到母亲的声音，而对于他来说，母亲的音容笑貌就像那遥不可及的星辰，只能远远地注目观望却无法亲近，他那么合理的小小的心愿竟然造化弄人成了埋在心底多年的一份奢望。

清晨的阳光照在王博众家里的窗台上，那天早上正好赶上周六，也没什么要紧事要忙，王博众原想睡个懒觉，没想到那天早上他的助理赵小曼给他发了一条短息告诉他她的母亲过两天就要来北京看望她，她的母亲是个南方的女人，有着一条又粗又长快要拖到地的大辫子、一对美丽的大眼睛，今天要去商场买两件新衣服，问他愿不愿意陪她逛商场。如果是一个在王博众心目中不重要的人提出这样的要求，他会毫不犹豫地找个理由拒绝甚至置之不理，但是对于赵小曼这个工作效率如此高的得力助手，他丝毫不敢怠慢。

王博众看到赵小曼对母亲的描述特别感兴趣，他想赵小曼的母亲和他家里收藏了二十年左右的照片的母亲不相上下，难道天底下真有如此巧合的事情？抱着半信半疑的态度王博众给赵小曼当起了临时工。

“小曼，你说你母亲这次来北京会给你带你们那边的土特产吗？”

“那当然了！我妈妈最了解我了，每次我从学校放学回来都会给我准备好我最爱吃的饭菜和零食。对了，博众哥哥，你怎么这么关心起我的母亲来了？怎么突然像变了个人似的对我这么好了？你对人家这么好人家会不好意思的。”赵小曼一边说着一边害羞地低下了头。

王博众看她如此惊讶，微笑着告诉她：“其实我一直把你当作妹妹一样关照，平时可能对你严肃些，但也是工作需要，一个老板就应该有不苟言笑的威严和气场，不然天天嘻嘻哈哈在公司员工心目中没有威严根本无法服众。东西先放下我去趟卫生间。”

赵小曼在想：“莫非博众哥哥也喜欢上我了？他一个创业老板级人物怎么可能看上我这么一个一无所长的打工妹呢？这不是痴心妄想犯花痴吗？”赵小曼低下了头看着地面沉思起来，从早到晚一直不敢直视王博众的眼睛超过五秒钟。

两分钟之后，王博众走出了人流密集的公共卫生间，他喊了一声小曼，小曼没有答应，他悄悄地走到赵小曼的身后在她的耳边放大了音量说：“小曼，我们可以走了。”

王博众一把提起小曼的一包又一包衣服，背起自己的背包说了句：“跟着我，别把自己弄丢了，不然过两天你妈妈来北京找不到你还不把我公司闹得鸡犬不宁啊？”这时赵小曼才回过神来，笑嘻嘻哦了一声便跟在王博众的身后，王博众一米七五，赵小曼一米六，两个人走在一起就像大哥哥带着小妹妹似的。

王博众的主要任务就是帮赵小曼背包、拿衣服、看东西，陪吃饭、各种陪，面对每次试穿衣服时漫长而又煎熬的等待，无论时间多长都不能有一句催促的话语，这一刻王博众倒像是赵小曼的私人助理一般敬业。

这一路王博众深刻认识到陪一个女孩子逛街买衣服在精神上是多么大的折磨，他想到自己要成为一个顶天立地坚强的男子汉，便笑着又说出了那句口头禅："那都不是事！"

从上午九点多出发逛到下午六点多，两个人都觉得有些累了，这时王博众灵机一动突然提议："小曼，饿了吧？咱们找个地方吃点东西吧？不然这回去坐地铁再加上换乘都没力气了，而且现在正是下班高峰期，实在不行咱俩晚点回去错过这下班高峰期，不然估计就被挤成肉酱了。"

"此话当真,想吃什么都可以吗？而且保证是你买单吗？"赵小曼有点不相信王博众什么时候对她如此慷慨起来。

"瞧你那点出息，大丈夫一言既出，驷马难追。保证今天陪你玩好吃好！"王博众一边说一边拍拍自己的胸脯，仿佛在告诉赵小曼这就是男人，一定要霸气！

"不怕我宰你一顿啊？呵呵，那咱们就去海底捞火锅吧，我要点鸳鸯锅。"赵小曼开心得就像个没长大的孩子似的。

"好好好！小曼，就依你的，你是主角，想点什么就点什么？想喝什么就喝什么，反正今晚我做东。”

“那今晚我陪你喝两杯吧？先来两瓶啤酒，不够喝再叫服务员上酒，一盘牛羊肉双拼、一盘山药、一盘蔬菜拼盘、一盘莴笋、两份火锅面，我知道你平时最爱喝酒了。”

“这个提议好！还是你这个小丫头善解人意，当初真的看对人了把你招聘到我公司来，你的加入是公司的福气，那句古话怎么说来着，‘阁下光临，顿时让寒舍蓬荜生辉啊！’”

两人在服务员的引领下走到一处靠窗的座位坐了下来，在进这家火锅店之前他俩为了避免吃饭时吵架，事先已经沟通好吃什么喝什么了，所以吃饭的过程中气氛十分和谐。就在他们吃完饭赵小曼挽着王博众的胳膊走出这家火锅店的大门时，于菲菲和她的闺密在旁边一家饭店正好也是吃完饭出来，便看到了这一幕。

于菲菲当时醋意大发，没有喊住王博众，而是拽着她的闺密打车到了三里屯一家经常去的酒吧喝起了酒，一口气三小杯下肚之后，于菲菲不服气地问她的闺密：“凭什么赵小曼一个小小打工妹他能看得上，偏偏就看不上我呢？我哪里不如她了？”

于菲菲说着说着就流下了伤心委屈的眼泪：“不行！就算横刀夺爱我也要把我的博众哥哥从那个小黄毛丫头手中抢回来，我不能眼睁睁看着心爱的男人就这样被别人顺手牵羊给带走了。如果就这样认输了，我以后怎么抬得起头？如果我再这么懦弱下去，就连我自己都觉得窝囊，自己都不会原谅我自己的。人活一口气，树活一张皮。你说是不是？”

“小菲，你喝多了。慢点喝，姐们我第一个支持你！如果你真的爱博众哥哥那块小鲜肉，就勇敢地去追求，向他宣布你的决心和勇气，即使这世界上没有一个人赞同你们在一起，你也不能放弃！必须让他明白为了他即使付出所有甚至生命你也心甘情愿！你那样藏着掖着的单相思只会折磨自己，他也许还不知道。我觉得以我的经验，以博众哥哥的性格和为人处世的风格来看，他和赵小曼还没有那么快发展到恋人那一步，其中肯定有猫腻。”

“那姐们的意思是说我还有机会喽？你说我如果找机会大胆向博众哥哥表白会不会把他吓到？”

“你好好琢磨一下吧。我点到为止，毕竟人算不如天算！你懂的！全十能否因为我的一句话成就一段美好的姻缘，就要看你们到底是情深缘浅，还是命中注定有一个圆满的结局。”

“你瞧我怎么这么糊涂呢？还是姐们的头脑灵活啊！姐们你可以去当说客了，今晚说得我心服口服。”

吃过晚餐之后，已经是晚上八点多，王博众又带着赵小曼去前门转了一圈，除了两瓶水什么都没有买，回来的时候已经九点多，地铁上的人明显比往常少了很多，回到住处附近王博众问赵小曼："小曼，今天逛得开心吗？吃得满意吗？"

"博众哥哥，我今天吃得挺满意的，只是玩得还不够尽兴，我想让你再陪我去附近的郊野公园散散步，那里有秋千，木椅分散摆放的长廊，鹅卵石镶嵌的圆形小路。"

王博众故意开玩笑说了句："既然你还没有尽兴，我也只能信守承诺，'唯小人与小女人难养也！近之则逊，远之则怨。'那我今晚只好好人做到底舍命陪小女人了。"

赵小曼一把捏住了王博众的耳朵，"说谁是小女人呢？今晚就让你尝尝小女人的厉害！"赵小曼一直把王博众的耳朵捏到疼了之后，还在胳膊上咬了一口留下了一道牙印，王博众笑着说开玩笑而已。

两人并肩走在公园的各种小道上，因为这里比较偏僻，所以晚上除了几对夫妻过来散步几乎很少有人过来，公园里灌木丛生，各种人工种植的花草数不胜数，随处都可以听到知了此起彼伏的叫声，这让原本荒凉的郊野公园热闹了很多。赵小曼总是情不自禁地去拉王博众的手，走累了还撒娇让王博众背着她走，王博众无奈只好顺从赵小曼。

两人走着走着实在走不动了，就来到一处僻静之地的木椅上坐了下来，不一会儿赵小曼竟然趴在王博众的腿上睡着了。此时正是夏天，两人的衣服都很单薄，王博众还是一套西装，赵小曼穿的是白色连衣裙，王博众在想自己到底在干吗？可是又不忍心打搅赵小曼休息。

这一刻他又想起了杨玉莲，他和杨玉莲刚刚相识时也曾相约来过这里，那天他记得玉莲为了和他约会特意买了一套新衣服。杨玉莲皮肤不是很白，笑起来能看到一颗老虎牙，身高一米六九，圆脸，化了淡妆，头发扎成竖起的一个小辫子，上衣里边黑色打底衫外边套了一件白色网格短袖，下身黑色丝袜，外边套了一件黑色荷叶般摇摆的裙子，活泼可爱的玉莲也曾与他坐在木椅上躺在他的腿上。

这里的每一个角落他们都曾携手来过，当时的他总是情不自禁地去牵着她走，偶尔还会搂着她一起走，他的举动让她一开始有些无法接受，后来时间长了确定恋爱关系了也就习惯了。

大概十分钟以后，王博众终于把躺在他腿上的赵小曼给叫醒了。这十分钟，王博众感觉好像是十个月那般漫长。

“小曼，困了就回去休息吧，已经很晚了我们该回去了，赶紧走吧，万一被同事或者朋友看到在背后说三道四就不好了。”

“既然是这样，那我们就回去吧！这一觉我睡得很香。对了，博众哥哥，你知道吗？小时候母亲告诉我说远方有个同母异父的哥哥，等我长大后无论如何一定要和他相认。我当时想茫茫人海到哪去找寻我那个哥哥呢？不知何年何月才能见到他。”王博众被赵小曼这么一说更加惊慌失措了，他觉得自己的预感越来越灵验了，还有一天赵小曼的母亲就要来北京了，对于即将到来的这一刻，王博众应该感到高兴才是，可是一想到没有母爱的那些年他怎么也无法接受。

他把赵小曼送到小区的楼下准备回去，就在他转身即将走的那一刻，赵小曼从他身后给了他一个拥抱，然后兔子似的跑进了住的地方。与赵小曼合租的室友看她这么晚才回来而且满脸笑容的样子，好奇地问了句："小曼，你是捡到钱了还是和哪个大帅哥约会了？玩得那么开心？"

"去去去，一边去，大人的事小孩不要瞎凑热闹。"赵小曼皱了皱眉。

这天晚上王博众心想即使倾其所有找遍天涯海角也要找到你，我失散多年的母亲，王博众泣不成声地写了这篇日记，句句肺腑之言：

母亲，你怎会狠心抛下我二十一年对我不管不问?

母亲，我是你亲生的儿子吗？你不会因为有了新家庭把我抛到九霄云外去了吧！妈妈，也许你不知道，这二十多年，我找你找得多么辛苦！还记得小时候，我经常去你抱我去过的邻居家找你，一找就是一年多，直到后来长大懂事后我才明白原来你已经走了。

亲爱的母亲，孩子现在已经健康长大成人了，你早期来信曾说过长大后如果能理解你就过去认你，如果恨就让我恨一辈子，孩子从小到大一直有一个魂牵梦绕的心愿，就是哪一天跟你重逢相认，孩子可以不要那些功名利禄，但是不能没有母亲啊！

有谁能接受自己刚刚学会走路时亲生母亲就不在身边的事实？有谁能比自己的亲生母亲更疼爱自己的儿女？又有谁能真正懂得一个童年就没有母爱的孩子有着怎样苦不堪言的心路历程？这充满遗憾、戏剧和悲剧性的人生啊！也许只有当局者有资格评论。

这二十一年来我日日夜夜无时无刻不在盼望着阔别重逢彼此相认的那一刻的到来。这二十一年以来我对母亲的依赖，只有在梦中实现过，醒来后枕头几乎都湿透了。

这二十一年以来我只要去一个地方遇到与你年纪相仿的阿姨，我都会不由自主地问到她们的籍贯和姓氏，这二十一年以来，我一直在寻找当年你离家出走的真相和与之有关的线索。小时候我无数次在梦中见到了你，梦中的你口口声声答应我再也不离开我，可是梦醒后只是竹篮打水一场空。

每次受委屈哭泣时，只有奶奶为我出头打抱不平，那时候我多么希望母亲的一个拥抱，或者只是电话里一句朴实无华的安慰，这些年每次看到中秋之夜的月亮总会想起含着眼泪写下的那些对你的思念。我的心愿是多么简单而又真实，只是祈求上天赐予我一个平凡普通的母亲就够了，而我的这么微不足道的心愿竟然成了想都不敢去想的奢望。

赵小曼的母亲买的是重庆飞往首都机场的机票，当晚就抵达了北京，王博众怀着忐忑不安的心情陪着赵小曼去首都机场接应赵小曼的母亲，此时赵小曼的母亲已经四十出头，保养得特别好，看起来特别像是二十多岁的模样，母女俩走在一起就像一对姐妹花，真的很难分辨出她们俩的亲密关系。

赵小曼早已为千里迢迢从南方赶来的母亲安排好了晚宴，是天通苑一家人气很旺的餐厅，王博众一路上就像伙计一样为赵小曼的母亲拉行李箱背行李，赵小曼的母亲由于半年没见到自己的宝贝女儿，一激动竟然忘了王博众的存在，在晚宴时突然想起来还不知怎么称呼王博众，王博众立刻站起来自我介绍了一番："阿姨，您好！我叫王博众，很高兴认识您！欢迎来北京做客，让小曼多陪您几天，北京有很多好吃的好玩的地方，像长城、故宫、香山、南锣鼓巷、天安门这些地方都挺热闹挺好玩的，让小曼带您玩遍京城的各个大街小巷，吃遍京城的美食，一定要吃好玩好。"

赵小曼的母亲对王博众的第一印象很好，当众就夸赞王博众是个不错的懂事的小伙子，看起来就让人觉得踏实。这时赵小曼有点羞涩，借口说去一趟卫生间，赵小曼的母亲随后跟了过去，悄悄地盘问赵小曼："小曼，老实交代是不是处男朋友了？这个小伙子是不是你的男朋友？你们相处多久了？这小伙我看着行！直觉告诉我各方面都不会差，我很满意！如果是，你妈我提前准了！”

“妈，您激动什么啊？八字还没一撇儿呢！他是我的老板，我就在他的公司给他当助理的。”

赵小曼的母亲有些迷惑了：“怎么我觉得他像是你的助理似的，莫非有什么意图？”

“妈！您多虑了，这方面我自有分寸，您女儿虽然不是特别聪明伶俐，但是也没有您想象的那么傻。据我半年多对王总的了解，他平时对工作很认真，对我们都很好，做事一向公开公平公正，绝非那种花天酒地爱博不专之人。”

俗话说得好，“人心隔肚皮”，爱情的诱惑力太大，一旦你陷入其中，那种不顾一切疯狂的程度你无法想象，很多人都会不可自拔自然很快失去理智，不然怎么会有很多年轻人失恋后做傻事跳楼自杀呢？

晚上，赵小曼叫来自己的闺密小兰一起吃饭，四个人点了九菜一汤，吃完饭后王博众抢着买单，小兰拿着相机拍了一张照片，说回去发微博。

吃完晚餐后四人一起看了电影《失孤》，看得大家鼻涕眼泪一大把，送赵小曼母女俩还有小兰回家，因为小曼和小兰合租了套两室一厅的房子，赵小曼的母亲晚上正好住小曼这里。

王博众把她们仨送回去之后回到住处就给他的父亲打了个电话，告诉他的父亲今天见到一个四十多岁的阿姨，特别像家中那张珍藏了二十年的照片里的母亲。一条快要拖到地面的又长又粗的大辫子，一对水灵灵的大眼睛。王博众的父亲听着感到特别诧异，心想这二十年也不知她过得怎么样？毕竟一日夫妻百日恩嘛！两人虽然在一起只有三年多的时间，但是这辈子最最开心最最难忘的也就是那三年多，此后王博众的父亲再也没有像原来那样用心良苦地爱过一个女人。

“博众啊，我知道你很想念你的母亲，都二十年了。如果真是你的亲生母亲你是恨她还是认她？”

“如果真是她，我不会那么着急认她，我会等知道真相之后再做决定，至少这二十年她从来没有尽到过一个母亲的责任。”

“博众，我知道这二十年你因为缺乏母爱受了不少委屈，我知道我也有错，当时的年代跟现在不同，很多时候我们往往身不由己，我没有能力给她想要的幸福，可她毕竟是你的母亲。你是她亲生的，无论哪一天，你只要诚心认她她都会接受你，不管当初因为什么离家出走的，她不仁我们不能不义！如果确定是她，时间允许的话我会过去看看，就算她化成灰我也能认出来。”

赵小曼回去之后，和她的母亲还有闺密小兰以男人为话题聊起了王博众，小兰第一个发言："小曼，你说他们男人会比较喜欢哪种类型的女孩子啊？尤其是我们最抢手的四海八荒第一才俊。"

"像博众哥哥那样神龙见首不见尾的人，我又不是他肚子里的蛔虫，我怎么晓得他喜欢哪种类型的女孩？这几天他突然对我那么好，我都有点不适应。"赵小曼的母亲说："以我过来人的经验来看，这个小伙子喜欢的女孩子肯定是出人意料的。"

她们仨七嘴八舌展开的讨论竟然长达一个小时左右，赵小曼的母亲突然想起王博众这个名字好熟悉，只是一时半会说不出个所以然来，如果她的那个可怜的孩子还健康地活着的话，现在也有王博众这么大了。

是啊！往事如刀，岁月无情。一眨眼二十年就这么过去了。

二十年前，王博众的母亲突然离家出走后音信全无，又有着怎样不为人知的秘密和苦衷呢？这二十年王博众的母亲是怎么忍心抛弃自己的亲生骨肉度过那么多个漫长的夜晚呢？这二十年又是如何承受着良心的谴责和不安的呢？难道这二十年有了新的家庭已经淡忘了她的前夫和孩子吗？也许只有她自己最清楚。

第二天是周一，王博众醒得很早，于菲菲已经连续一个星期没有过来给他买早餐了。他醒来后给于菲菲打了个电话，电话接通之后于菲菲沉默了七秒钟，以那种很不友善的口气审问他：“这几天是不是喜欢上别的小姑娘了？还想老牛吃嫩草吗？”王博众突然意识到于菲菲已经吃醋了，便急转话锋：“小菲，赶紧出来咱俩一起吃顿早餐见面再聊吧。”

“那怎么好意思打扰你们俩的小日子？我还是不去了吧？万一撞上了她还不知有多尴尬呢？我的脸皮可没那么厚。”于菲菲试探地问。

“不管你在哪里，五分钟之后老地方见，不然以后再也不要过来找我。”

在于菲菲的心里面王博众就是她无限爱慕的男神，所以她没有任何原则，可以完全无条件顺从他的心思意念，只要能陪在他的身边，哪怕一分钟，都胜过她独处的一个月。

她曾经对着星空划过的一颗流星许下一个心愿，这辈子非他不嫁。五分钟后于菲菲果然出现在了他俩经常去的那家早餐店，还是一副笑嘻嘻的样子，每次笑起来都能看到那个小酒窝，和往常不同的是换了一身很素净很显曲线美的连衣裙。

“小菲菲，这几天你去哪儿了？怎么好几天没有看到你？不会是一夜之间变成暴发户跟我玩失踪吧？是不是我陪小曼买衣服吃饭都让你看到了？我告诉你一个秘密，你不要和别人乱说，小曼可能是我同母异父的妹妹，她的母亲昨天来北京看她了，我看到后觉得很眼熟。”

“呵呵，我是看到了，那你怎么不去相认？博众哥哥，你不会想绑架小曼妹妹吧？”于菲菲一脸慌张失措的表情。

“那倒不会！只是让她尝尝那种咫尺犹如天涯般的距离和失落感。”王博众脸上露出一副淡然冷漠的表情，内心深处交织着对母爱求之不得的爱恨之情。

“那就好！这是你们的家事，我一个外人也不好多参与，我真心希望你们母子能够早日相认！”于菲菲略微松了一口气。

赵小曼的母亲昨晚做了一个噩梦，梦见曾经抛弃的那个孩子满身鲜血面目狰狞地在半空中飘着找她寻仇来了，她在梦中不停地喊了很多遍不要，然后满头大汗从梦中惊醒，久久难以入眠。惊恐和愧疚之情油然而生，就像一个逃犯似的无数次遭受着良心的谴责，她在想这辈子上天还会给她机会去弥补那个遗憾了吗？

同一天晚上，王博众梦见了大团圆，一家人和和美美地重新聚到了一起，那个梦很短，好像不到一根烟的工夫就结束了，王博众不由得感慨：失而复得的亲情真是一件可喜可贺的事情。

赵小曼的母亲回想起昨晚给她拿行李的小伙子王博众，一个不安的想法在她的脑海里闪现，如果昨晚的那个小伙子是二十年前她抛弃的孩子，他还会认她吗？她多么希望这一切都只是个梦，一切都没有发生过。

这时的赵小曼刚刚睡醒，听到她的母亲说梦话又突然从梦中惊醒，连忙问了一句：“妈，没事吧？是不是又做噩梦了？”

“是啊！这二十年这份怨气一直魂牵梦绕着我，如果你哥哥还活着，他可能已经记不住我的模样了，根据正常人的思维逻辑推断，我离开他的时候他才三岁，刚刚学会走路，正是学说话的时候，脑海中根本没有一丝记忆的。”赵小曼的母亲说完深深地叹了口气，多少次她想去看看她的这个孩子，为了避免后顾之忧她还是被现实所打败，最终没能迈开那一步。

第二天早上母女俩去附近的早餐店吃了早餐，小兰因为贪睡，小曼每天都会给她买好早餐放在她床边的桌子上，等她睡到自然醒然后起床洗脸刷牙直接吃早餐。在去吃早餐的路上赵小曼的母亲试探性地问了赵小曼一个很严肃的问题：“小曼，如果你的博众哥是你同母异父的哥哥，你会怎么办？你们这辈子从伦理道德上就不可能在一起了。”

“怎么？难道母亲已经有证据证明王博众就是您以前经常提起的那个同母异父的哥哥了？我可不希望这是事实，我和他的感情才刚刚开始，好不容易让他喜欢上我。”

“有时候真的是造化弄人，我知道你对他早已有了感情，可是如果真是那样，就是命运和你开了一个玩笑。”

“好了好了，妈，不要想那么多不着边际不开心的事了，世界上哪有那么巧合的事？您大老远过来看我，我今天就带您去鸟巢、故宫和南锣鼓巷还有天安门这些比较近的地方看看吧！估计这些地方一天的时间刚好够用的，像香山和长城都比较远，那两个地方最好是单独找一天去，您要是秋天过来还能欣赏到一年一度的香山红叶呢！”

“好好好！还是宝贝女儿有孝心，比较善解人意，什么都听你的！你说去哪咱们就去哪！你就当我的导游吧！今天咱娘俩一定要玩个痛快。你看要不要把你的那个私人保镖带上？”赵小曼的母亲故意调侃道。

赵小曼以为母亲是说真的，就一本正经地回答说：“妈，人家是老板，公司里大小事务，见客户谈生意，做决策，维护客户关系，许多事情等着他做决定和安排呢！今天就开始忙工作上的事了，正好除了上周末他给我调休了三天假，这三天肯定够用的。妈，既然来了就放下心中所有的琐事去拥抱祖国的大好河山吧。”

“您如果真的很喜欢我们王总，可以找个恰当的时间认他做您的干儿子啊！正好他的后妈对他的态度一直不冷不热，把所有的时间和精力都放在了他的妹妹身上，谁会愿意养一个别人的孩子？在这件事情上各方面的关照难免会更多地偏向自己的孩子。”

其实王博众一直看在眼里记在心里，毕竟那个阿姨不是自己的亲生母亲，他从小就很懂事也没有过多的埋怨，虽然有那么一段时间很自卑自闭，几乎到了与世隔绝的地步，但是对于这件事反而看得很开。后来他想通之后，一直很阳光很乐观，总会看到事情好的一面，他的父亲和奶奶的思想观念一直停留在古代平民百姓认为的那样：吃饱穿暖就是爱。

小时候，他家徒四壁，生活条件很差，邻居家的小朋友买了课外书，只要他感兴趣的一有机会借到就会如饥似渴地看，即使废寝忘食也毫无怨言。小时候给他印象最深的就是那本插图版故事书《神笔马良》，即使没钱买零食，没钱买新衣服，只要有一本感兴趣的故事书就会让他读得津津有味忘乎所以，自小酷爱读书也是他日后考上安大文法学院中文系很重要的一个原因。

第6章

从天造地设到互相折磨

爱情即使不能天长地久，只要曾经得到过拥有过就够了。就像《近在远方》歌词中写的那样：“你是我眼里的一滴海洋，用尽所有想象和幻想，就是为了能和你一起到地久天长。”爱情是有魔力的，遇见一段美好的爱情，能够让一个男人迅速崛起事业如日中天，每个成功的男人背后几乎都有一个贤惠的默默无闻一生无私奉献的女人支持着。

——题记

这年夏天，杨玉莲又从山东江北水城来北京了，还把家里包办婚姻的未婚夫带了过来，两人还住到了一起。杨玉莲告诉王博众自己年底就结婚，这一切来得都是那么突然。她告诉他是为了她父母，更是为了让他死心，随后不到一个半月她的妹妹放假了并且也来了北京，而且就住在王博众家附近。

王博众深刻地感受到了异地恋带来的那种度日如年，朋友有的给他出谋划策让他带着那个女孩私奔远走高飞，或者在她结婚时去婚礼现场把她给抢回来，现在他正是心有余而力不足。

曾经说他和她生命一样重要的那个女孩已经变了心，她对他说这辈子跟定他了，只要能跟他在一起，即使天天吃馒头咸菜也很开心。而今年轻时的诺言瞬间变成了谎言，可是能有什么办法呢？他已经不想听她冠冕堂皇的解释和理由了，他从不喜欢勉强别人做不喜欢做的事，他明白该是自己的终究是自己的，不是自己的即使得到之后也会不翼而飞。

杨玉莲这次来北京不但没有提前告诉他，而且还没有让他去火车站接自己。从这次之后，所有迹象都表明他在她心目中的地位已经被她的父母完全颠覆，他的朋友劝告他如果真是这样的情况，失去这个女孩子应该开心才是，没什么可惜的。

她再次见到他的时候不敢直视他的眼睛，她告诉他这次过来不是为了他而是为了她自己。他明白当一个人真的决定离开另一个人的时候，九头牛都拉不回来。

那天他找来了于菲菲，让她陪他去三里屯酒吧喝酒聊天。于菲菲刚刚接到电话时以为他打错电话了呢，连忙好奇地追问了一句："博众哥哥，我听错了，还是你感冒发烧了？好几天没有主动给我打电话了，不去陪你的小曼妹妹了吗？确定是找我喝酒聊天吗？"

"当然了！找你谈点正事，别像个十万个为什么似的，赶紧过来吧！十分钟之后在你家楼下等你，谁让你是我的铁哥们呢。"王博众觉得虽然于菲菲是个女孩子，但是有时候她的性格和脾气就像个男孩子。

王博众刚刚挂了电话就在神州租车处租了一辆白色宝马小轿车，顿时觉得很有老板的气场。于菲菲听到王博众要来找她，就像古代封建王朝的妃子被皇帝翻牌子宠幸一般心花怒放。

于菲菲着一身白色碎花裙、一双黑色高跟鞋提前在她家楼下四处眺望，王博众正好迟到十分钟，那等待的十分钟对于菲菲来说就像十个月般漫长。工博众戴了一副墨镜，停车之后，于菲菲就没好气地问他："哟，这不是王大少吗？终于舍得过来了啊？瞧你那速度怎么像个蜗牛似的那么慢，害得本姑娘等到现在，等到了酒吧必须罚你多喝两杯。"

"今晚我舍命陪君子！一定不会让你有任何意见，直到你满意为止。"

"真不愧是做销售白手起家的老板！古人有句话叫什么来着？让我想想，"五秒钟之后，于菲菲突然想起来了，"后生可畏！"

"你这一说起话来就特别有道理，像个十大事的读书人！你看你这么勤奋努力工作，为了事业都不交女朋友，要是以后不发财真是苍天无眼哪！"

"既然菲菲你已经开门见山了，我也不拐弯抹角了，其实今晚找你就是谈感情的事，她又回北京了……"

王博众还没说完于菲菲就接话茬儿说了下去，好像她比王博众还着急似的。

"这不是天赐良机吗？说明你们俩还有戏。"

“好了！请听我说完再发表评论可以吗？”

“事情没有你想象的那么乐观！她不仅来北京了而且还带了她的未婚夫并且还住在了一起。你说这不是故意气我的吗？这事儿摊到谁身上谁能受得了？！当初我不顾一切地爱她宠着她，她倒好，跟我玩这招！”

于菲菲就像听故事一样被深深感染了，王博众看于菲菲不说话，就一边用手在于菲菲的眼前晃了晃，一边问于菲菲：“菲菲，你在听我说话吗？”

于菲菲这时才回过神来：“博众哥哥，我在听呢，你继续说。”

“那你告诉我我刚刚说了什么？”王博众觉得于菲菲听得不是很认真，半信半疑地看着她问。

“等你说完我再给你把你和她的故事整理一遍。放心吧！一句都不会落下，难道谁都像你那样贵人多忘事啊！”

王博众一边敬酒一边继续说了下去：“我现在已经陷入三角恋之中了，你说我是去争取还是选择退出呢？可是不管选择走哪一步都是一个心痛的决定。她已经订了婚，我现在再去努力争取如果失败只会让我更加难堪，现在最主要的问题是她已经变了心，爱情是你情我愿的事，事情已经发展到这种地步，我可不想让别人说我是破坏别人家庭的那种人，我现在已经到了进退两难的境地。”

于菲菲听得头都快大了：“听着好像有点复杂，但我还是重新整理了一下思绪，你和那个女孩一开始挺恩爱的，后来那个女孩不知什么原因和她父母指定的那个人订婚了。现在她已经不爱你了，可是不知为什么又回北京了，而且把她的未婚夫带到北京还住到了一起。你现在陷入两难境地，正是手足无措的时候，你不想把自己曾经疯狂爱着的女人拱手让给别人。可是你深深爱着的那个女人已经背弃了曾经的誓言，顺从了她父母包办的婚姻。

“俗话说得好：‘宁拆十座桥，不毁一桩婚。’我觉得你现在最好最明智的选择就是退出！世界上好女孩那么多，我劝你不要一错再错了。如果你还是一如既往执迷不悟，只会在这条巷子里越钻越深，永远没有尽头。我也只是给你提供一些建议，你这个当局者可以借鉴，最后的选择关键还是要靠你自己。”

王博众脑海中突然闪现一个想法，既然她不仁也不能怪我不义了！那就是让于菲菲帮他一个忙，扮演他的女朋友，在杨玉莲面前演一出好戏刺激一下那个负心女友，看看她会不会吃醋！

于菲菲听后有些不好意思，心想我只想真实地把你拥有，而不是在别人面前表演这种情侣关系。但是为了让她深爱的博众哥哥出了心中的那一口恶气，她还是无条件地答应了他的要求。

“那我见到她怎么说怎么做？要不要来一个彩排？台

词要不要去准备一下？”

“什么都不用提前准备，见到她只管看我眼色行事，你一定要配合好我，千万不要让她看出什么破绽。她可是个城府很深的女人，我们需要足够专业的演技，至于有什么好的台词你可以到网上搜索一下，或者看一些青春偶像剧学一学女主角的言谈举止。”

“好！博众哥哥是想看看她有什么反应吗？还是想借机报复她一下？”

于菲菲看了看陷入沉思的王博众，看他没有说话对于他的目的就没再多问，她接着说道：“咱们要不要设计一个圈套，雇用一个漂亮的女孩施美人计跟她未婚夫搞点暧昧然后偷拍下来，再放出点与她有关的什么重口味的风声，让她未婚夫也把她给抛弃，让她也尝尝被别人抛弃的痛苦和无助的滋味，到那时，即使她未婚夫不悔婚，也接受不了舆论的谴责。”

王博众有点不敢相信，对于菲菲竖起了大拇指：“还是你这一招狠！这一招就是以其人之道还治其人之身，真没看出来你还有这本事，让我回去再考虑一下吧。如果我以一个公众人物的身份出现，按照计划对她实施打击报复，她不得恨我恨到咬牙切齿啊？”

这时于菲菲犹豫再三，终于说出了比较冒昧的心里话：“博众哥哥，来到北京之后有没有喜欢过哪个女孩？或者有没有再遇到让你心动的姑娘？博众哥哥，别怕！我既不劫财也不劫色，只是突然有些好奇，如果你不愿意说我也不会勉强你的。”

“等有机会再告诉你吧！现在没有心思谈那个，现在我最关心的就是如何处理好摆在眼前的这个问题。”

王博众今晚明显喝得有些多了，于是找了一个代驾把于菲菲送到家，然后又回到了住处。回来的时候已经是晚上十一点多，他又打开了那个写得密密麻麻的日记本，偶然翻出来那张照片，正是他与她热恋时，他为她拍摄的。分别时她把这张照片送他作为最后的纪念，而他则送给了她一个金钥匙链。

那天晚上他正戴着耳机听着笔记本电脑上播放的《擦肩而过》：“当爱情来了，谁又能说我舍不得寂寞？当爱情走了，谁又能说我不觉得失落？当爱情燃烧过，谁又能说我不觉得快乐？当爱变沉默，谁又能说我过得很洒脱？”

第二天上午上班时，赵小曼的母亲吩咐赵小曼给王博众送了一份自己昨晚亲手包的肉三鲜水饺。在临走之前，她告诉赵小曼从此好好照顾王博众，以后他的公司如果有什么解决不了的事情可以找她帮忙，她定当全力以赴！赵小曼好像听出了她母亲的弦外之音，她在想原来这位年轻才俊就是母亲小时候经常背着她父亲跟她提起的同母异父的哥哥。

赵小曼对王博众只好从当初的爱慕之情和无理取闹转化为亲情式的细心关照，从此她常常主动提出要帮王博众洗衣服打扫房间。王博众激动地说："我正缺一个兼职家庭保姆照顾我的饮食起居，说吧，期望月薪多少？只要活干得好，我肯定不会亏待你的，另外还有奖金。"

"博众哥哥，我一分钱都不收你的，只要管一顿饭就可以了，这个要求不太高吧？"

王博众听后有些不敢相信这是真的，他已经有于菲菲这样一个为他两肋插刀肝脑涂地的红颜知己，再有一个对他那么好的女孩，对于他来说简直就是一种奢望。因为他现在还没有到那种事业有成如日中天的阶段，这一刻他觉得好像被幸福砸晕了头似的都快乐不思蜀了。有时生活中的某个阶段正需要一个能够给自己泼冷水的朋友。

王博众再三思量了于菲菲提出的对杨玉莲打击报复的计划，觉得第二个方案有些不道德，最后还是决定采纳第一个方案，在旁边走秀似的经过看看她有何反应，然后再见机行事。

正好找了个大雨滂沱的夜晚，这场不期而遇的邂逅与其说是于菲菲和王博众创造的，还不如说是上天安排的。

正巧那天晚上杨玉莲下班后忘记了带雨伞，于菲菲在她下班的必经之地的一个屋檐下也假装在躲雨，还故意踩了她一脚，不仅没有道歉还说她活该！随后杨玉莲的未婚夫披着雨衣骑了一辆二手电动车匆匆赶了过来给她送伞。紧接着王博众开着那辆租来的白色宝马轿车带着赵小曼，走下车视若无睹地接走了于菲菲，不仅拥抱亲吻了一下，还当着杨玉莲和众人之面喊了她一声老婆。而且车里的赵小曼也冲着于菲菲打了个招呼，故意让杨玉莲看到这一切。于菲菲想这一幕肯定会刺激到杨玉莲。

杨玉莲这一刻看着王博众，虽然已经强迫自己表现出一副不爱他不在乎的样子，但是心里还是感到酸酸的，毕竟曾经的他为了她可以放下所有，不顾一切疯狂地爱，让她一辈子都不会忘记。她试图不去回想那些点点滴滴的感动和难忘的瞬间，但是眼泪还是不听话地掉了下来。

当王博众开车驶离杨玉莲的视线之后，三人为他们默契的配合和演技偷笑了好几分钟，没想到这一招还挺灵验的。今天晚上表演的这场戏在气场上明显压倒了对方，王博众对于菲菲这个神机妙算替他出谋划策的军师的建议赞不绝口，并说今晚的最大功臣就是于菲菲。

王博众随后开车带着于菲菲和赵小曼来到他们经常光顾的那家饭店喝着冰爽的啤酒吃起了烧烤，一边吃一边讨论要不要实施更具冲击力的 B 计划。赵小曼立刻接上这个话题滔滔不绝地说了自己的想法："在古代的战场上讲究速战速决，就是所谓的'一鼓作气，再而衰，三而竭'。我们已经成功实施了 A 计划，如果时间太长对于 B 计划的实施肯定会有所影响，到时候就不是事半功倍而是事倍功半了。”

“小曼说得很有道理，如果她招架不住心理承受能力太差，一气之下离开北京，我们的C计划就没有机会再实施了，最好看最值得期待的一出戏就是C计划，只有让她尝到那种失去未婚夫举目无亲的无助滋味之后，她才会更加深刻地感受到博众哥哥此时此刻的痛苦，同时也可以杀杀她娇生惯养不可一世的傲慢和锐气，让她感受一下一向高贵的她被别人踩在脚下的滋味。然后博众哥哥如果不嫌弃依然可以抱得美人归。”

“我们毕竟相爱一场，虽然现在不在一起了，但也不至于这样对人家进行打击报复吧？”王博众虽然痛恨杨玉莲背叛了曾经的誓言，但他对于过于残忍的报复计划还是有点不忍心。

于菲菲看他优柔寡断的样子有些不高兴，就忍不住激了他几句:“是个男人就要敢作敢为,如果你还有什么顾虑,大不了出事我帮你扛着。她都能为了自己做出违背誓言辜负你一片真心的决定，她订婚的时候考虑过你的感受吗?你还考虑那么多干吗？从这些事情上就可以看出她是个什么样的女人，别再痴心妄想了，人家马上就结婚了。”

“是啊！人家马上就结婚了，何必再纠缠不清呢？事到如今，最好的结局就是分道扬镳，即使哪天碰面，不管心里多么难受也要打个招呼。”王博众试图说服自己不要再对杨玉莲抱有一丝幻想。

那天晚上杨玉莲在王博众睡觉之前给他打来了电话，因为曾经在一起过，所以对彼此的生活习惯或多或少有所了解。她一直打了三遍，他都没接，后来她给他发了一条信息，问他今晚有没有空出来坐坐，她想找他聊聊。他没有立刻回复，而是陷入了深深的沉默之中，如果是以前就算十万火急的事也没有这件事重要，这一刻他感到自己这颗破碎的心已经有些麻木了。

沉思了十分钟之后，她又给他发了一条信息。问他是否已经爱上了别人。他回复了一句，这么晚了，还是改天吧！我可不像某人那样没心没肺！他的语气之中依然难以掩盖心中的冷漠和愤恨之情。

她心想也许他说的这些仅仅是安慰她的话罢了，她知道他一定特别恨她绝情离开！她不得不承认心中已经按捺不住迫切想和他见面的冲动，因为自从来北京之后这半个多月，他俩仅仅是匆匆地像两个最熟悉的陌生人那样见了一面。

第二天晚上，他们准备实施 B 计划，就是杨玉莲约王博众吃饭喝酒聊天时，于菲菲扮演王博众未婚妻的角色，赵小曼扮演伴娘的角色。杨玉莲和王博众准时出现在了北京某酒吧，杨玉莲还没等王博众动手便主动给自己倒了一杯鸡尾酒一口喝完，接着又连续倒了三杯，然后看着王博众说：“博众，我和你不是第一次来这家酒吧！这家酒吧还是这么热闹，但是来这里的客人可能换了一拨又一拨。如今，你和我走向了两条不同的道路，我觉得我正在走的这条路很冷清像是通往地狱之路，而你却势如破竹地走向充满鲜花和掌声的成功之路。”

“我不想再提曾经的那些不开心的事，聊点其他的吧！例如你和他的事我还是比较感兴趣的，如果他对你不好我非揍死他不可！”

坐在一旁的于菲菲和赵小曼见时机已到立刻慢慢靠近，于菲菲来了一个瓮中捉鳖，立刻走上前来揪住了王博众的右耳朵，像个泼妇似的冲他吼了一句：“真是山高皇帝远啊！我不在你身边就偷着出来和这个小狐狸精约会了？我的命怎么这么苦啊！王博众，你马上都要结婚的人了，到现在还纵情酒色不知收敛，以后和你结了婚我不倒了八辈子霉啊？赶紧给我回家跪搓衣板，给老娘写一份三千字的检讨，不然这个月底的婚礼立刻取消，永远不要来找我了。还有你这个为了钱出卖灵魂、出卖身体、不知羞耻的小三，除了长得靓丽勾引别人老公，还有什么本事？”

于菲菲一脸无辜委屈的表情，赵小曼看杨玉莲一副惊呆了特别尴尬不知所措的模样，狠狠地说了一句：“别跟这种没素质的人一般见识，我跟你说啊，生气是拿别人的错误来惩罚自己。菲菲姐，咱们走，他俩爱咋样就咋样吧。”

杨玉莲这才反应过来，也气不打一处来，气冲冲地甩了王博众一个巴掌，然后立刻转身离开了座位，走之前留了一句话：“王博众，你这个混蛋，我再也不想看到你了！但愿我这辈子没有认识过你！”在转身的刹那，杨玉莲积攒多日的泪水肆意地掉落。

王博众刚想说听我解释，杨玉莲还没等他开口，已经哭着跑出了这家酒吧，出门就连忙打了个出租车。王博众深深叹了一口气，心想C计划更残忍，要不要再让她尝尝那种痛不欲生的感觉呢？刚刚发生的那一幕他发现她对他还有一丝感情，一想到这些他还是有点心软了。

杨玉莲原以为王博众对她的感情地老天荒一辈子都不会改变呢，可是如今在她看来这一切都像泡沫似的经不起考验。

第7章

无巧不成书

王博众与亲生母亲相认了，而且与母亲相认之后，突然发现这个对他格外照顾甚至有些爱慕的助理赵小曼竟然是他同母异父的妹妹，赵小曼和王博众一开始都有点接受不了这个现实，这一幕让王博众感觉幸福来得太突然了。天底下没有不好的父母，每个父母都希望自己的子女好好的。

——题记

小曼为了让她那个女强人母亲放心完全按照她母亲的交代，像亲妹妹似的照顾着王博众的生活。王博众的生活和工作刚刚恢复平静没几天，他父亲就打来电话说无论如何都要见上次王博众说长得像照片上他母亲的那个女人。

王博众在电话里交代了那个女人是小曼的母亲，现在还没有足够的证据证明到底是不是自己的母亲。毕竟他对母亲没有丝毫的记忆。

王博众的父亲激动地在电话里说道："就算她化成灰我也能认出来，这二十年她再怎么变我也能认出她的模样。"

王博众只好把父亲和他这二十年的心愿说给赵小曼听，赵小曼没有拒绝，答应配合他们制造相认的机会。

赵小曼找了个合适的双休日，正好这天赵小曼的母亲也休息，小曼在电话中说想见她一面并且还要送她一份惊喜大礼。“老妈，明天又是周六了，能来一趟北京吗？我有一个天大的好消息要告诉您。”

“小曼，别以为你脑袋瓜里装了些什么歪点子你妈我不知道，我可是看着你长大的！我的宝贝女儿心里想的什么难道我会不知道吗？说吧！是处了个高富帅男朋友，还是遇到什么摆平不了的困难了？”

赵小曼连连摇头：“都不是！现在说了就不是惊喜了！明天务必要见到您，就这么说定了！订好几点的高铁票给我发一条短信。”小曼嘱咐她的母亲这一年多飞机失事频繁，建议她坐高铁，从这个建议之中可以看出母女情深。

赵小曼的母亲挂了电话之后轻轻叹了口气：“女儿真的长大了，懂事了。”

赵小曼母亲那边搞定之后，赵小曼给王博众发了一条短信告诉他明天上午她的母亲肯定能到北京，下一步就是王博众打电话给他的父亲让他订好明天来的车票。王博众的父亲接到儿子的电话后说：“博众，我正在深圳开一个商会，为期一周，这周末估计是去不了北京了，以后机会多得是，你说是不是？”

王博众说了一句挺深沉的话：“这古人说得好：‘机不可失，时不再来’啊！您可要想清楚了，这次如果您坚持不来，我也没办法，但是恐怕您这辈子都没机会了。”

王博众的父亲突然想到了不辞而别离今已有二十年左

右的前妻，他猜想这个神秘人物可能就是王博众的母亲，然后连忙在电话里说：“即使明天有天大的事我也会赶过去，就这么说定了，快把你们的具体地址发给我，我明天一定去会一会那个神秘人物。”

王博众的父亲王青平脱下一身休闲服装，从行李箱里拿出只有正式场合才会穿的一套西装，预订过高铁票之后就到售票大厅取票机上取了车票，然后在候车室耐心等待。这一刻，他已经期盼了整整二十年，生怕错过这次可能是唯一一次的重逢。

赵小曼的母亲自从听到女儿说了这个惊喜之后，以为是王博众准备和她相认了呢，她没有想到等待她的还有另一份惊喜。她让助理订了当晚十一点多的高铁车票，这次赵小曼的母亲带了个男助理，王博众的父亲也带了女助理，可能都是为了彰显职场的身份和地位吧。毕竟这次的阔别重逢确实是一件可喜可贺的事。

不求天长地久，但求曾经拥有！无论如何他们也曾在一起生活过三四年，这三四年经历的那些感动难忘的往事一定历久弥新历历在目，只是岁月无情，他们的爱也许再也回不到原点了。

王博众的父亲不知为情忧愁还是为了事业操劳，已经有了些许的白发，而赵小曼的母亲因为是公司高管，平时公司大小事务她几乎都可以独当一面，明显是个很有话语权的成功的事业型女人，平时很注重保养，所以看起来风韵犹存。

王博众和赵小曼商量是否给他们制造单独相处的机会，结果两人一拍即合，他们选好了一家咖啡店给了服务员一些小费，吩咐服务员在他们来的时候放那首《好久不见》以增加久别重逢的气氛。那里的服务员听说是比较阔气大方的客人而且还有小费，就连连点头表示愿意配合。

王博众和赵小曼次日七点多就起床了，一起吃了早餐就坐地铁去了北京南站迎接双方的父母。赵小曼调侃地说了一句："博众哥哥，我怎么觉得就像是咱俩要订婚见双方父母似的。"赵小曼的母亲乘坐的那班高铁晚点了半个多小时，王博众的父亲和助理先到了北京南站，王博众就先把他的父亲送到了他们精心安排的咖啡店，等待同样从千里之外赶来北京的赵小曼的母亲，只留下赵小曼一个人迎接她的母亲。

王博众刚刚把父亲送到地铁没多久，赵小曼的母亲也随后带着个男助理赶了过来。这时的小曼就像是个逃出鸟笼的小鸟一样兴高采烈地跑到了母亲的怀中。赵小曼的母亲假装生气地训斥她："都长成大姑娘了还撒娇！知不知道害羞啊？再这样小心嫁不出去了。"

"嫁不出去那不是更好！那样就可以多陪陪您老人家了！"

赵小曼的母亲用食指戳了一下赵小曼的鼻子："傻丫头，今天怎么没有看到上次和你一起的小帅哥？你俩怎么了？没有闹矛盾吧？"

赵小曼对着她的母亲像是QQ上那个翻白眼的表情似的，动了几下鼻子哼了几声，逗得她的母亲和男助理笑个不停。

赵小曼的母亲激动地说："还是我的宝贝女儿淘气可爱，好有表演天赋，当初真应该让你学表演。"

"我小时候同样对着弟弟哼了几句，那次正好赶上感冒，鼻涕都哼了出来，喷了他一脸，把他给气哭了呢，我好像和您说过是吧？"

"别说了！家丑不可外扬！丢人都快要丢到太平洋了！赶快带我过去吧！这里不是说话的地方。"

就这样，两个一别整整二十年的前辈阴差阳错似的拥有了一次重逢的机会，这二十年看起来很漫长但是一眨眼就过来了，人生能有几个二十年呢？

我们生活在这个世界上，很多时候往往人在江湖，身不由己。有些东西我们那么渴望得到，于是乎拼命地抓紧不放，但经常会像沙子一样在不经意间漏出。正如古人说的那样："命若穷，捡着黄金变白铜。命若富，捡着白纸变白布。"

王博众的父亲首先带着女助理晓月来到了事先安排的

咖啡店，大概二十分钟之后，赵小曼的母亲带着她的男助理也赶了过来。当赵小曼的母亲看到王博众的父亲的刹那，时间好像凝结了似的，王博众的父亲目不转睛地望着这张曾经那么熟悉的面孔，大概一分钟之后，他才说了一句："好久不见！"

赵小曼的母亲心想："是啊！二十年了，你竟然一眼就认出了我！你肯定恨我当初的不辞而别吧？你是不是没想到二十年后我们还会在这里重逢？一切都是天意啊！"

然后赵小曼的母亲哽咽了，噙满泪水的双眼已经模糊不清，不知是因为感动还是悔恨，她不顾一切地冲了上去紧紧地抱住了王博众的父亲王青平。王博众和赵小曼这一刻也看愣了，连忙招呼两个助理："麻烦二位回避一下，我们一家人相聚想好好聊聊。"两位助理也很礼貌地说了句客气话就暂时回避了。这时咖啡店播放了那首《好久不见》，顿时营造出久别重逢的气氛。

王博众这一刻终于明白，自从上次赵小曼母亲走后，为何赵小曼对他如此细心地关照了，实际上是他之前多想了，原来他们是兄妹。

王青平亲切地安慰他的前妻："亲爱的，孩子们都大了看到不太好，别哭了！虽然这一别已经二十年了，但是我对你的那份感情依然埋藏在心里，不曾遗忘过我们在一起点点滴滴的感动。"一边说着一边给她递了一张餐巾纸。

王青平看着王博众严肃地说道："还不给你娘跪倒行礼！"王博众有生以来印象中没有叫过一次娘，他沉默了好久依然没有喊出声音。赵小曼的母亲说："别难为孩子了，这二十年我知道挺亏欠博众的。"

王博众这一刻突然忍不住热泪盈眶跑出了咖啡店，他最最期盼也是最最害怕的这一刻终于来到了。赵小曼喊了一声"哥"，然后追了出去。王博众的父亲对赵小曼的母亲说："让他俩出去静一静，一时半会儿他们肯定接受不了这样残酷的现实，需要时间适应一下。"

"博众是个很懂事的孩子，而且从小就很有志气，乐于助人，很有礼貌，街坊邻居对他评价都很好，连连称赞他长大后肯定是个有出息的小伙子。"

"孩了他爸，这二十年真的辛苦你了！我是个不称职的母亲，"赵小曼的母亲一边说一边从钱包里掏出一张银行卡并告诉王博众的父亲密码六个八，"这里是三万块人民币，就当作是这二十年对博众亏欠的抚养费，等他心绪稳定后帮我转交给他。"王博众的父亲有些犹豫了，然后义正词严地说："孩子缺的不是钱，而是童年最宝贵的那份母爱，你有空还是多陪陪孩子吧！孩子真的需要一份健全的母爱，我能感觉到他的后妈偏心他的妹妹。"

王博众的父亲见赵小曼的母亲如此真诚，就说："钱先帮博众收下了，也许对他公司以后的运作是一笔十分宝贵的流动资金，孩子已经开始创业了，听他大学几个好哥们说公司现在做得还不错，现在的大学生毕业后普遍有四种选择，一是继续考研深造，二是出国留学，三是找一份稳定体面的工作，这第四嘛就是很流行的自主创业了。

现在的90后很多都是独生子女，父母都当作宝似的，娇生惯养着，以至于毕业后离开父母生活不能自理还必须得有父母陪在身边。很多小年轻的性格都比较叛逆，都是毕业后继续找个啃老的理由。咱俩的孩子还是比较争气的，从小就很懂事，做事沉稳，没有拖咱们后腿，洗衣做饭等家务什么都能做，正所谓上得了厅堂，下得了厨房，堪称当代‘家庭煮夫’的典型代表。”

“这不都是遗传了你我的优良基因吗？从他的外形上来说文质彬彬一表人才的，明显是遗传了你身上那种书香世家的儒雅气质。”

赵小曼的母亲见王博众的父亲对她的儿子评价如此高，有些不敢相信，一时找不到好的表扬话，夸王博众父亲的同时也夸了一下自己。

赵小曼追着王博众来到咖啡店外池塘边的一处青草地，看着王博众低头不语沉默的样子，赵小曼连忙走上前去安慰道：“哥，现在谜底已经揭开了，我们总有一天要学会去面对的。我知道这件事对你的伤害和打击最大，甚至给你心灵上造成了永远的阴影，你心里一想起咱妈当初不辞而别离家出走一定会怨恨她，但是妈确实有不得已的苦衷。”

“到底有完没完？对不起！别说了！让我一个人好好静一静吧！”王博众此时此刻的内心几乎是崩溃抓狂的。

赵小曼看王博众痛苦万分的表情仿佛陷入了万丈深渊不能自拔，她竟然还爱着他，尽管他们这辈子是不可能走到一起了。

赵小曼悄悄地离开了，带着她的母亲和王博众的父亲打了个车来到宾馆，准备给他们各自安排一个房间。赵小曼的母亲说：“就安排一间吧！我今晚要和你叔叔彻夜长谈，因为我知道今晚我和他都不可能再睡着了，彼此的心中肯定有千言万语要向对方说。”

这一夜王博众叫来了牛大鹏、杨康还有史有理，四人去了北京一家音乐酒吧喝得酩酊大醉。王博众问了他们一个问题，如果他们之中的一个人的母亲在他三岁刚刚学会说话的时候把他抛弃了，有一天重逢会不会和母亲相认？

牛大鹏第一个抢着说：“爱去哪里去哪里，她能狠下心抛下我不管，我干吗还去认她？那样的女人根本不配做我的母亲！”

杨康思考了一分钟后说：“如果我遇到这样的母亲，我宁愿这一辈子没有母亲，就当她从来就不曾存在过。不过话又说回来，如果你不忍心那么残忍地对待你的亲生母亲，她给你买什么吃的你都得收下，给你钱也要拿着。”

史有理思考了三分钟之后说：“这要看情况而定，无论如何，她都是我的亲生母亲，我会想尽一切办法说服自己去认她，毕竟我是她的亲生骨肉，我想她不辞而别可能有她难以言喻的苦衷！我没有理由和借口拒绝和她相认。”

王博众听完兄弟三人的答案之后陷入了深深的沉默之中，牛大鹏和史有理他们看王博众今晚心情十分低落特别沮丧，连忙问他：“博众哥，到底发生了什么事？是不是遇到了什么棘手的事情？”

“对啊！博众哥，你遇到什么事不妨和兄弟们说说，都是自己人，这里又没有外人。俗话说得好，一个篱笆三个桩，一个好汉三个帮，三个臭皮匠还赛过一个诸葛亮呢。说出来说不定兄弟们能助你一臂之力呢？”

“是这样的！我的亲生母亲出现了，而且现在也可以确定了，家父和她旧情复燃，我在考虑要不要和她相认。”王博众的语气之中明显是没有完全去除心中的那股怨气。

杨康笑着说道：“那是你们家的事我们做兄弟的不好插手，最终还是需要你做决定。”

牛大鹏说：“是啊！我觉得这件事有点复杂，还是请教咱们的军师史有理先生吧，我们四个就他见多识广，而且他的思想可是博取众长同时又不失自己的独特见解。”

王博众这时着急不安的表情让大伙像是热锅上的蚂蚁

一般都快坐不住了，连忙安慰他："咱们的军师肯定有好办法的！你就放心吧！"

史有理思考了一会儿终于发言了："无论如何她是你的母亲，她即使是一个十恶不赦蛇蝎心肠的女人，她也是你的母亲，'儿不嫌母丑，狗不嫌家贫'，她当初不辞而别可能有她的苦衷。她那样做是为人父母的失职，关键看她有没有后悔弥补你的那份心意，我觉得这一点至关重要。如果说她有意去弥补这二十年对你的亏欠，那么我认为你可以考虑和她相认。"

听完史有理的分析，王博众茅塞顿开。

就在王博众回到住处即将上楼的时候，赵小曼拦在了门口一把抱住了王博众。王博众被赵小曼这一举动吓坏了，以为赵小曼喝多了或者发烧了呢。王博众准备挣脱，无奈被赵小曼抱得太紧根本无法挣脱，只好束手就擒。

这时赵小曼泣不成声地抱着王博众，双手捶打着王博众的后背一字一句地说道："博众哥哥，我求你告诉我今天发生的一切都不是真的，快点告诉我母亲和叔叔说的话都不是真的！我们没有任何血缘关系的！即使天塌下来你也不会离开我！"赵小曼哭着闹着，一会儿貌似清醒了过来，"就让我今晚再任性一次好吗？自从我知道真相之后，原先期盼过的一切美好的计划都被残酷的现实打乱了。"

"小曼，以后我们就是一家人了。大不了你哥我晚几年再结婚多陪陪你不就行了吗？你喜欢这样温柔体贴的哥哥总比讨厌我一直想躲着我好，以后有什么不方便和咱爸妈说的都可以和哥哥说，哥哥一定替你排忧解难，以后哥哥保护你。”

因为确定了兄妹关系，王博众重新在天通苑六环比较安静的小区租了一间两室一厅的房子，赵小曼随后也搬了进来，住在他隔壁的房间。这几天王博众和他的父亲住在一个房间，赵小曼和她的母亲住另一个房间。

王博众的父亲和赵小曼的母亲商量了一下准备复婚，因为赵小曼的母亲和赵小曼的父亲没有一点感情，当初完全是因为他救了赵小曼一命，她才感动得以身相许了，两人只是凑合在一起搭伙过日子而已。赵小曼的父亲很有钱，有了赵小曼没多久就又在外面养了一个小情人，而且他因为是富二代平时喜欢结交江湖上的各方人士，经常喝酒打架夜不归宿。

因为顾及这个新的家庭，赵小曼的母亲一直没有在丈夫面前提过她的前夫和孩子，赵小曼的母亲曾经对年幼无知的小曼说过她的父亲整天花天酒地，养了一个大宠物，一个月在家待一个星期左右，对赵小曼的母亲来说就已经算是挺多的了。有时赌气的时候一个月不进家门一步，留了一张大额银行卡，临走之前说了一句话，想买什么想吃什么自己买，然后一溜烟的工夫就开车带着一个身材火辣的美女去娱乐场所潇洒了。赵小曼曾经天真地问过她妈妈说爸爸养的宠物有我们家的宠物狗大吗？现在她终于明白是怎么一回事了。

赵小曼的母亲给赵小曼的父亲发了一条短信说："这日子我实在是没法过了，孩子她爸，咱们离婚吧！这样你就可以名正言顺地把你的小情人带回家了，哪怕你娶七八个小姨太也和我没有关系了，我知道这些年你早就不爱我了，我也受够了。"

赵小曼的父亲等这句话整整十八年了，当初多少次要离婚，赵小曼的母亲为了孩子的健康成长一直不肯答应，现在孩子都已长大了，赵小曼的父亲心中窃喜，就像彩票中了五百万似的，回了一条短信说："明天带着你的身份证和户口本，咱们去一趟民政局就可以了。"

当天晚上赵小曼的母亲让她的助理订了两张往返的机票，用了一天的时间就办理了离婚手续。她原本打算净身出户，但是赵小曼的父亲还是给了她一百万分手费以感谢她对这个家庭的付出。赵小曼的母亲又匆匆飞回了北京。王博众的父亲与第二任夫人也只是名义上的夫妻，两人也随即办理了离婚手续。

等王博众的父母先后抵达北京后，王博众这二十年第一次喊了一声："母亲，您慢用！"并单膝跪地双手捧上一杯茶水，然后双膝跪地磕了三个响头。他的母亲感动得热泪盈眶，连忙站起来搀扶他说：“孩子快起来！”然后他们紧紧地抱在了一起泣不成声，“妈这些年对不起你！都觉得没脸见你了！让你受委屈了，我以为这一辈子都没有机会再见到你们了呢。妈这二十一年来最对不起的就是你。”

“无论如何，您给予了我生命，我想您当初肯定有迫不得已的苦衷，哪个母亲会忍心抛下自己的亲生骨肉二十一年不见呢？我们大学时的老师也说了：‘对于母亲我们唯一能做的只有心怀感恩，如果一个人连给予自己生命的人都不能原谅和尊敬的话，这辈子肯定难成大事，更不会有福报的。’”

这天晚上王博众给重庆的一个朋友打了电话，正好他也没事就一起吃了顿热闹非凡的晚餐，摆了好大一桌宴席。王博众由于兴奋喝了四五瓶啤酒一不小心喝麻了，走路时腿都发软站不起来了，后来被杨康和小张扶回了住处。

回去的路上，王博众觉得就像是做梦似的亦真亦幻，这天晚上，杨康喝多了说：“你说你是不是活得很失败？二十一年后才见到自己的亲生母亲！二十一年后才有机会跟你母亲、外公、外婆，还有舅舅和妹妹他们相认！”杨康一边说一边想起了他八岁左右母亲就因病去世，不免触景生情，眼泪也哗啦哗啦掉了下来。

第二天饭后在公园散步，王博众和他的母亲聊了许多这些年家乡的变化和亲戚们的变故。王博众的母亲说当年对她最好的是王博众的大姑，并通过王博众的手机在电话里和他大姑取得了联系。大姑很激动，说了一些很想念她的话。第三天王博众一家飞回了重庆，第一晚吃的就是重庆的金爪爪麻辣干锅，让他很长一段时间里念念不忘。

第二天早上驱车赶往外婆家，正式登门拜访，由小张、赵小曼、于菲菲、史有理还有杨康陪同，并带了几袋北京特产。去往外婆家的路可谓山路十八弯，绕了一圈又一圈，把一个个小脑袋都绕晕了，路边树上挂着一个个还没长熟的柚子，看得小张和史有理垂涎三尺。

来到重庆的第二天中午吃的就是重庆正宗麻辣火锅，王博众第一次来重庆，从小到大挑食的他看到鸭舌和毛肚就有些恶心，更别说吃了。于是王博众让小张第一个当小白鼠，他看小张和杨康吃了，也闭上眼睛狼吞虎咽了几块，王博众吃的表情比一个怕吃药的孩子看起来还要痛苦可怜。

杨康之前在重庆生活过一段时间，所以重庆话说得不错，根本就看不出他是外地人。他对重庆的饮食习惯人情风俗都有所了解，因此这趟重庆之行在王博众与他外公外婆的沟通交流中正好充当了一次翻译，可谓功不可没。

外公外婆也是通情达理的人，他们突然见到王博众的那一刻都十分激动并且异口同声地用重庆话说：“无论如何，不管他是在哪里长大的，都是我们的外孙。”

席上王博众还是第一次见到外婆有这么好的酒量，王博众、杨康、史有理还有于菲菲一起站起来敬外婆酒，都连连称赞外婆好酒量。外公由于身体不太好这几年一直滴酒未沾，而且什么事都没做，也到了安享天年的时候了。

酒过三巡，王博众发话说，我王博众的外公外婆也是你们的外公外婆，因为你们是我的好兄弟！咱们感情深，杯中酒一定要满上，今晚开心，咱就杯中酒一口干了。都是自家人，不必拘束。王博众每次敬外婆酒的时候都会说：“外婆：我先干为敬，您随意。”杨康和小张还有史有理他们也随声附和着喊外婆敬外婆酒。

吃麻辣火锅对于王博众这样一个天生爱吃辣，但是每次吃后都会上火的人来说确实是一件很纠结的事情。他们点的虽然只是微辣的，但是王博众吃一口都辣得受不了，于是他母亲提议放点醋，他照做了，果然见效甚快。

来到重庆的第三天入住五星级金科大酒店，王博众好久没睡这么个安稳觉了，小张、杨康和史有理的任务算是完成了，就提前回了北京，接下来的时间就交给了王博众、于菲菲、赵小曼和他的母亲。

几个人回到重庆市里后，王博众请他的母亲到王府井百货大楼附近的一家星巴克咖啡厅喝了一杯咖啡。王博众首先聊到了童年时奶奶牵着牛他骑在牛背上，每次有下坡路的时候他总是骑不稳从牛背上摔下来。还有一次中午去玉米地掰玉米迷路了怎么走也走不出来，后来被邻居看到了连忙通知他的父亲和奶奶。等他的父亲和奶奶找到玉米地时，他已经走出那片茂盛的玉米地掰了两棒子玉米，然后到某处的西瓜地摘了一个西瓜，又到家门前的一个池塘里洗西瓜，没想到因为坡比较陡 不小心没抱住，西瓜就滚到了池塘的中央。王博众穿了一双靴子没走几步陷进了池塘的淤泥里，想上前一步或者后退一步都动弹不得，最后鞋子扔在了池塘里，他光着小脚丫一腿淤泥空手回家了。

王博众的奶奶和父亲这时刚刚回来，连忙问他去哪玩耍了。王博众吞吞吐吐地对奶奶说了事情的大致经过，说得奶奶和父亲哈哈大笑，连忙称赞他是个孝顺懂事的好孩子。另外还聊了这些年王博众的成长和变化。

接下来的日子里王博众又和母亲去了一趟重庆的洋人街，品尝了琳琅满目的小吃，游玩了音乐诡异的盘丝洞，乘坐了浩浩荡荡的长江水上航行的半个小时一班的邮轮和悬在半空的大大小小可供选择的电车，在僻静而又宽敞的马场骑马游行拍照，体验了刺激得心都快跳出来的漂流冲浪……在重庆这几天，王博众大饱眼福的同时，也大饱口福了！再继续玩下去真要乐不思蜀了。

王博众的母亲试探性地问了一句："儿子，你来重庆如果找不到我或者我不见你怎么办？"

"这好办！我的几个哥们可不是吃闲饭的！您要是不

出来见我，我们几个就赖在外婆家，不走了。一直等到您出现我们才离开！都说女儿是母亲的小棉袄！我相信您也是外婆孝顺的女儿，您肯定不会坐视不理。如果您一直不出现，不要十天半个月，外婆家肯定会被我们哥几个吃穷了的。”

“吃不穷的！外婆家粮食几千斤呢！就你们几个一年也吃不完！”

“几千斤粮食算什么？我们哥几个可能吃不完，但是可以要流氓喊一个收粮食的货车一趟就拉完了，卖了钱买好酒好菜！到时候不让您出现您也会过来安抚外婆。”

“相信我的儿子不会做出那种事的。”

“母亲，逗您玩的！我可没那么霸道！您看我表演坏人的水平如何？”王博众表现出一副小学生考了一百分拿给母亲看成绩单希望被夸奖的表情。

“知道你是开玩笑的，我儿子就是棒！好样的！”王博众的母亲一边竖起右手大拇指一边笑得心花怒放。

“那是我有您这样一个好母亲！”王博众把他身上的所有内在外在的优点都归结在母亲身上，尽管母亲因为客观原因在他三岁时就离开了他，他不但没有丝毫的怨恨，而且对她一样的敬重。这一点也许每个做母亲的都会感到欣慰吧！

此后的一段时间里，他的母亲经常在微信里跟他聊天表达这些年的愧疚，她说当年离开他之后眼泪都快哭干了，有三年左右的时间心如死灰，几乎与外界隔绝了。每天就是上班吃饭睡觉三点一线的生活，许多给她介绍男朋友的都被她一一拒绝了。

“母亲，希望您相信，在这个世界上，不管您以前还是今后做错了什么事情，除了一手把我拉扯大的奶奶、如今鬓发霜染年迈体弱的父亲，还有就是二十一年后失而复得，魂牵梦绕睡前醒来甚至梦中苦苦奢望的母亲，是我生命中最重要的人。即使我与全世界为敌，记恨所有背叛过我的人，也不会记恨你们的。”

自从王博众和他的母亲、妹妹相认后，于菲菲淡出了王博众的视线，自从于菲菲知道赵小曼是王博众的妹妹之后，虽然少了一个情敌，但是她的心情不知为何更加焦虑起来。

她在想博众哥哥什么时候才能够接受她呢？他们俩最终能否走到一起？是她追求的目标太高？还是付出的这一切都只不过是她的一厢情愿罢了？

不知从何时起，她那曾经可以无条件地付出一切、那么强烈的信念开始动摇了，可能是这段时间想得太多期望太高暂时收效甚微有点失望了吧？如果他们俩不能成为恩爱的恋人，能否成为亲密无间的知己？这个星期这一连串的疑问一直在于菲菲的脑海中徘徊，弄得她每夜醒来好几次。她那天突然觉得好像是得了相思病似的整个人精神恍惚，拒绝了所有朋友的约见，变得自闭起来。

于菲菲的父母多少次提出给她相亲全部被她一票否决！于菲菲说其他的事她的父母可以做主，自己的人生幸福只有自己才能做得了主，谁都无权干涉。她还拿出了《民法通则》第一百零三条向她的父母宣读：公民享有婚姻自主权，禁止买卖、包办婚姻和其他干涉婚姻自由的行为。

一天晚上，王博众的一个发小王二牛打来电话说终于揭开了和王博众青梅竹马一起长大的那个丫头盼盼的失踪之谜。原来自从王博众来到北京之后，盼盼的母亲因为在外边赌博欠了三四万的外债，债主逼债，后来盼盼的母亲为了还债把她唯一的女儿卖给了债主的儿子做媳妇，盼盼的母亲则跟了那个吹喇叭的。结果多行不义，当地那个吹喇叭的不知被盼盼家叔叔阿姨们骂的还是诅咒的，在两个月之后遭遇了一次车祸被车压断了一条腿，随后盼盼的母亲又跟了另一个男人。盼盼的父亲因为食管癌和肺癌不到一年撒手人寰，盼盼因为承受不了丈夫的家庭暴力，生下一个孩子不久后也走了，她改嫁到了另一个县城，曾经门庭若市的老家房屋竟然这样萧条起来，就像一个鸟巢完全空了下来。

王博众轻轻地挂了电话，他想到曾经两家也算世交，小时候，不是他经常端着饭碗去盼盼家玩耍，就是每当放学或者放假回家盼盼去他家找他常常忘了回家，有时是玩游戏捉迷藏，有时是到山上挖野菜，有时是逮鱼摸虾，有时是生起一堆柴火用一根粗细不一的铁丝穿上玉米烤，烤玉米是乡下最常见的也是最简单的一种野炊活动。

每次都是在春天油菜花开、鹅黄柳绿野鸭戏水的时节，出去直接带上打火机和一个不锈钢的大碗，油盐酱醋和火锅料放在几个小容器里贴上纸条备用，还有少量的八角和葱姜蒜，用矿泉水瓶从自家的水井里灌一小瓶淡水，那些鱼虾就用泉水清洗干净，干柴直接在山上找，两人各有分工，有了简单的厨具和作料，在山脚下的泉水旁支起一个锅灶就可以野炊，每次野炊完了脸都会被烟熏黑，像是大街上跪在地上要钱不需要形象的乞丐一样。

盼盼的父亲曾经半开玩笑半认真地喊过王博众干儿子，可见盼盼的父亲对小时候的王博众喜爱的程度，盼盼的父亲打算在王博众毕业之后把盼盼许配给王博众，没想到天灾人祸世事难料，这一切都没有想象中那么美好。

于菲菲在远离王博众的这些日子里和另一个疯狂追求她的很阳光的小伙打得火热，而且还在王博众面前卿卿我我眉来眼去，王博众早就识破了他俩的伎俩，冷冷地说："你们好好亲热吧！我还有事先走了。"

王博众还没走几步于菲菲就匆忙追了上去，一把拉住王博众的手，王博众一副不耐烦的样子瞪了她一眼："别闹了，赶紧放开，不然你男朋友会吃醋的。”没想到于菲菲的演技竟然到了以假乱真的地步，于菲菲明显能感觉到王博众有些在意她了，平时王博众总是摆出一副高傲冷漠不可亲近的样子，有时王博众对她越来越好她反而更加有恃无恐得寸进尺。

她的搭档走了过来：“哥们，我有女朋友，有个故事不知你听过没有，有人问一位大师说如何才能找寻到一份完美的爱情，大师指着一望无垠的麦地说你沿着这片麦地，往前走不要回头一直找到那棵最高的麦子摘下再回来。年轻人边走边看着一棵又一棵青翠欲滴生机勃勃的麦子，走到了尽头也没有发现一棵满意的麦子，然后失望地空手而归。

“这个故事告诉我们一个怎样的道理？我想你也是聪明人，不用我多说了，珍惜当下吧！难得有个对你如此痴情甘愿为你这棵树放弃整片树林的姑娘。”

王博众这时才回过神来，原来这个英俊阳光的男生是于菲菲雇来的说客，于菲菲为了得到他就像曹操想得到魂牵梦绕的三国时兵家必争之地荆州一样煞费苦心。于菲菲对爱情追求的疯狂程度让王博众望而却步，也许每个人在幸福面前都会感到胆怯。

那个于菲菲收买的高富帅拍了拍王博众的肩膀故意说了一句更有刺激性的话：“如果你不好好对她，她迟早是我的菜，你想清楚了，你还有最后一次机会，她也说了这是最后一次机会。”说完转身就走了。

王博众被于菲菲雇来的那个优秀的说客说得心服口服，于是叹了口气说你赢了。他拉着于菲菲的手走到了他们第一次吃饭的那家小餐馆，点了三菜一汤，都是王博众和她最爱吃的家常菜。

吃完饭后两人在公园散步，于菲菲假装非常生气地说了句:“跪下！”把王博众说得一愣，王博众惊讶地问:“干吗用这样命令的语气和我说话，又没到求婚的时候？”

于菲菲瞬间哈哈大笑：“逗你玩的！笨蛋。”一串银铃般的笑声在四周荡漾。

王博众立刻走了上去，“不给你点颜色看看不知道小爷我的厉害。”一边说着一把抱起了于菲菲，昏黄的路灯下偶尔有人经过，王博众从后边抱着于菲菲转圈直到于菲菲不停地喊：“不敢了，不敢了，不敢了，哈哈哈，放我下来！快点放我下来！头晕了。”两人才停止转动，停下的那一刻王博众最先倒在草地上，于菲菲因为惯性也倒在了王博众的身上。

这一刻王博众和于菲菲都联想到了于菲菲在长城散心不慎滑落台阶被王博众一把接住时的场景。这时的于菲菲脸蛋一片绯红，心跳加速，于菲菲轻轻地闭上了眼睛，急不可耐地把嘴凑了上去，王博众也下意识地闭上了眼睛去迎合于菲菲那缠绵的一个吻。他俩完全忽略了这是在户外，还有过往的陌生行人。于菲菲为了等这一天不知度过了多少个不眠之夜。

三年后，王博众的传媒公司的股票成功上市，成为国内很有影响力的一家品牌公司，王博众也买了一辆一百多万高等配置的白色宝马轿车，并且在北京六环以外买了一栋别墅。这一路跟随他的老员工有的辞职回家结婚带小孩，有的跳槽或者被猎头公司的猎头顾问挖到别的公司了，当然陆陆续续走了好多人，只剩下史有理、牛大鹏、杨康、赵小曼、和会计文斌斌这五个终于是媳妇熬成婆了。史有理和牛大鹏因为在王博众的公司发展以及上市中立下了汗马功劳，所以两人分别被任命为副总和总监，并持有公司百分之五的股份。

患难中认识的朋友贴膜哥胖子因为经过一番努力业绩突出，被提升为业务部经理，手下有十来个小员工；会计文斌斌被提拔为财务总监；赵小曼担任公司市场运营部经理；后来加入公司的沈小丽因为容貌姣好、气质出众、口才很好，被任命为公关部经理。

办公地址由之前的写字楼搬迁到了现在绿树环绕的别墅里面，四处全是花草树木，还有池塘，空气清新自然，环境优雅舒适，明显比以往的写字楼安静许多，同时也比以前五六十平方米的办公室看上去气派了许多。王博众的父母也搬了进来，一层全部用来办公，二层全部是家人居住，三层是王博众的个人书房。

王博众在公司上市的当天拿着一枚限量版钻戒当着全公司员工的面单膝跪地向于菲菲求婚，公司上下几十人一致高呼："答应他！答应他！"

于菲菲甜蜜地点头笑了笑，然后伸出右手让王博众给她戴上这枚昂贵的钻戒，这时候王博众一把将于菲菲抱了起来，当天见了双方的父母并且找了个吉日良辰订了婚，乔迁之喜，订婚之喜，可谓双喜临门。

王博众在附近的某星级酒店举办了一场声势浩大的庆祝仪式，邀请了一部分重要的亲朋好友，场面十分热闹，吸引了不少媒体记者，当天晚上放了一箱又一箱的烟花爆竹。

这一天王博众因为开心喝了很多，把一个又一个前辈还有朋友给喝趴下了。

之后他也趴在桌子上睡着了，于菲菲还有他的朋友一边一个把他架起扶到了床上，另外的几个也被王博众的家人安排在附近的酒店住了下来。王博众晚上说梦话："兄弟们，咱们自从毕业后难得一聚，咱们喝得开心点，再来一杯！菲菲，别拦我！我还能喝！我要和兄弟们一醉方休。"于菲菲第一次听到王博众在梦中喊她的名字感动万分，走进来给他盖了盖滑下去的一截被角。

就在王博众的公司在某股权交易中心成功挂牌上市之

后，他的大学校友王梦影辞职来到了他的公司顶替了以前业务部主任的位置，从此他每一天每一顿的饮食，每月每周的计划都会写在办公室的日历本上，他的工作和生活还有业余活动以及每年一次的旅游全部安排得井井有条。

沈小丽因为这一年多工作业绩特别出色，每次谈大客户，对方提出的合作条件不管多么尖酸刻薄，她都能随机应变不费一兵一卒很快拿下，这是作为大公司公关经理必须具有的生存技能，深得王博众的赏识，因此每次开会或者参加大型的商会都会把她带在身边。

于菲菲在王博众公司附近重新办起了她的音乐班，因为王博众的人脉圈和影响力，规模比以前壮大了很多，而且还聘请了两位兼职钢琴老师。胖子因为天生一副今朝有酒今朝醉，明日愁来明日忧的个性，尽管每个月的收入不菲，但是因为不会理财依然孤身一人，是当今“剩男剩女”一族。

一天晚上王博众做了一个梦，梦中他来到了童年时住过的一处农家院的老屋旁，院子的菜地里种满了乡下的绿色蔬菜，一只老母鸡张开翅膀带着一群小鸡咯咯咯叫个不停从屋内出来找食物吃，这时他的奶奶和母亲一人手里挎着一个竹篮从屋内走了出来，有两只蝴蝶停在喇叭花丛中扇动着轻盈的翅膀，一头在池塘边饮水的乳牛的肩膀上停着三只腿细得就像绣花针一样的野鸟，他喊了一声奶奶，没有答复，随后又喊了一声奶奶，奶奶依然视若无睹地走出了他的视线，随后他就声嘶力竭地喊道：“奶奶，奶奶，奶奶，您别走！我对天发誓保证不再惹您生气了！不要再丢下我了好不好？”

于菲菲赶紧从隔壁的屋子里穿着睡衣跑进了他的屋内，先是开了灯知道他是被噩梦惊醒了，王博众被这个梦吓出了一身冷汗。菲菲抱着他安慰他，一边把右手食指放在嘴边一边轻轻嘘了一声：“小点声！她不会再离开你的。”接着于菲菲从床边拿了一瓶矿泉水，倒在了一个玻璃杯子里，端到王博众的面前让他喝下，这时正是午夜时分，外边十分寂静，王博众的父母还有和于菲菲住在一间屋子的赵小曼都在熟睡中。

此后这个噩梦经常在他的脑海中挥之不去，直到那一天他的奶奶去世，他才突然明白这是个带有些许预言色彩的梦，从小到大，他做过好几个类似的梦后来在生活中都应验了。

这突如其来的打击让他一时半会根本就接受不了，他怎么也不肯相信这是真的。王博众的奶奶在医院咽下最后一口气前留下了一句遗嘱，她用微弱的声音一字一句告诉王博众：“博众，奶奶的任务已经完成了，已经一手把你带大看着你长大成人了，可惜再也没有机会看你娶妻给你带小孩了，现在你也找回了亲生母亲和同母异父的妹妹，以后你们兄妹俩要互相照应。”赵小曼和王博众连连点头，这时的他们已经哭成了泪人，接着奶奶又对王博众说：“如今你已经长大成人并且变成了顶天立地的男子汉，哪天给你妹妹小曼找个好婆家。”

第8章

三十年河东 三十年河西

王博众的传媒公司终于有一天挂牌上市了，他的人生走向了巅峰。都说男人有钱了就会变坏，但是王博众是有原则和底线的。一次打架事件于菲菲误会了王博众当场与王博众大吵了一架，赌气离开了王博众，王博众之后全世界找她，与一辆货车相撞，被送进了医院。王博众出院之后遭遇了人生中第一次事业滑铁卢，在兵临城下的这一刻，王博众重新联系上了任氏地产的千金任世嫣，紧接着王博众又遇到了得了失心疯的中柱酒业集团江天月……

——题记

有句话说得特别好："成功时我们结识了朋友，失败时我们看清了朋友。"

自从王博众的公司上市之后，那些曾经看不起甚至藐视过他的不管是远亲还是近邻还有那么多同学和亲戚、断约又续约的全国各地的大客户们纷纷从四面八方前来道贺，每天都有迎接不过来的故知或者客户主动要和王博众合作，从之前冷落萧条为了争取一个大客户的订单王博众的业务员热脸贴着人家冷屁股，拼命陪酒费尽九牛二虎之力人家还是一副居高临下不屑一顾的姿态，到如今门庭若市，顿时让王博众的业务员扬眉吐气起来。

就像一幅复活的清明上河图，给王博众送金条的、送古董的、送和田玉的、送手机和平板电脑的、送笔记本电脑的、送茅台和五粮液的、送花生和老母鸡的等等，礼品堆了整整一仓库。王博众专门安排了一个会计记录了谁送了什么礼，为下次礼尚往来做好准备。悬殊如此之大，是当初每个人都没有想到的，就连之前跳槽回家结完婚有了孩子的老员工都有些惭愧。

有的资产上亿的大客户前辈给他张罗相亲，有的毛遂自荐打算把自己的亲生女儿许配给他，有的甚至想招他为上门女婿，都被他婉言谢绝了，命运的橄榄枝纷纷抛向了他，让他难免有些受宠若惊。

此后他混迹于身家百万甚至上千万上亿的富翁俱乐部之中，接触了平时望尘莫及一掷千金的官二代、富二代甚至二线明星，并且个个都富得流油，个个都是不差钱的主。他经过精挑细选买了一款朝思暮想的价值十多万的百达翡丽手表，金戒指和金项链他一个也没有戴，因为他觉得戴手表一有时间观念，另外是一种品位的象征，男人魅力的象征第一就是腰带，然后是打火机，还有眼镜，之后就是手表，戴表是一种含蓄而不张扬的表现。

脚上穿的某专卖店卖的价格四位数的高档皮鞋，西服还是以前穿的一千左右一套的，白衬衫是某男装专卖店买的，从穿衣打扮来看怎么都不像身家千万的公司总裁，可能是在底层磨炼的时间长了，给人一种饱经沧桑的感觉。当他不开车走在大街上，十个人中有九个会认为他是做房地产经纪的，因为像他这么年轻就事业有成的太少了，很多人像他这么大还在啃老，有的一个月挣个三四千、五六千的刚刚够自己用，有的还在读研，至于买房子娶媳妇更是天方夜谭。但是他并没有因此忘本，更没有因此骄傲，因为他始终记得八个字：得荣思辱，知恩图报。

这种养尊处优的日子过久了，反而让他更想体验一下当初那种苦日子，虽然没有到食不果腹寒不可衣的地步，也好不到哪去。贴膜是他烂熟于心的一门手艺，即使他有一天身上只有一百元人民币，他也可以自力更生白手起家，买一张比放笔记本电脑的懒人桌稍微大点的桌子，一个可以坐着的小板凳，几十张手机电脑膜，就可以体验大学生自主创业了。

一天傍晚他闲来无事开车来到一处地铁站，把车停在了路边，从车的后备箱里拿出了一个桌子一个小凳一盏台灯，还有一包手机电脑膜和工具，让旁边摆摊的小贩顿时目瞪口呆，做生意的立刻放下手中的活，买东西的也不看质量如何也不讨价还价了，甚至走过的路人的视线纷纷转向了他。这位体验底层生活的高富帅，他不顾众人的议论纷纷，毅然决然地放下自己的身份摆起了小桌，开始了好几年没有干过的活。

有的路人猜测他是贴膜发家致富的，有的猜测他可能是官二代或者富二代，还有的猜测他的宝马车是租来的故意过来显摆的，各种各样的言论让这个新来的“小贩”顿时成为地铁站的焦点。没过多久，就有人拨通了某娱乐节目的热线，紧接着好几家娱乐节目的记者开着小车纷纷赶到现场采访报道这条新闻。有的花痴小姑娘明明是刚刚贴完的膜直接很果断地撕了找王博众重贴，原本就带一百张膜的他不到三个小时竟然全贴完了。

旁边的另外两个同行看他生意这么好顿时气红了眼，准备想办法把他撵走，于是就私下向他旁边的小贩打听了他的来头。其他两个同行算是明智，如果贸然动手后果肯定不堪设想，于是就狠狠地咽下这口气老实待在原地。

收保护费的四个小混混横行霸道多年，可没有管那么多上去就问王博众要钱，王博众毕竟是练过几年的功夫，曾经在安大赤手空拳打走三个手拿砍刀和钢管的街头混混，这四个人什么都没带，简直就是不知天高地厚自讨苦吃，其中一个想拽王博众的衣领，还没动手就被王博众一拳加上三百六十度旋转按在了地上，其他三个看他们老大被欺负，觉得一对一根本不是他的对手，于是一起冲了上来，其中一个想从后边偷袭，被王博众一个后悬腿一脚踢在了脸上顿时抱头倒地，另外两个准备用拳头迎面砸来，王博众一个避让紧接着瞬间握住两人的拳头打到了各自的脸上，顿时博得围观群众的阵阵掌声。

王博众收拾了一下东西，很严肃地对他们说道：“以后想找事得先打听一下对方的来头。你们四个如果谁受伤了，明天一早到我公司，会有专人带你们到医院治疗，一切治疗费用由我承担，如果想找我报仇也可以，随时恭候！我坐不改名站不改姓，我叫王博众。”紧接着两个拿着警棍的物业保安也赶了过来。问是谁在这里打架斗殴？天子脚下也敢闹事，还想不想在北京混了？四个收保护费的小混混的老大笑着说：“两位小哥言重了！我和王兄只是切磋一下武艺，没想到王兄不仅文质彬彬而且文武双全，让我等小弟佩服得五体投地。”一边说着一边给王博众鞠躬道歉。

其他两个同行当时正幸灾乐祸呢，其中的一个对另一个说：“我说的是吧？是不是料事如神啊？如果今晚是咱们俩动手，吃亏倒霉让别人看笑话的就是咱俩了，像他那么优秀的人不会常来咱们这里的，更不会跟我们抢生意，人家只是想体验一番咱们的底层生活，我们根本就用不着担心人家会和我们抢饭碗，说不定人家一个月的收入就比咱们辛辛苦苦一年挣得还要多呢！”

另一个也附和着说：“兄弟说得很有道理！做什么事都要三思而行，冲动是魔鬼！”

第二天早上，王博众的事迹就出现在了一家报刊的娱乐版头条上，而且还附上了一张打斗时很多路人围观的精彩图片，标题为“开宝马贴膜哥大战街头小牛虻”。当天早上于菲菲一反常态拿着这张报纸摔在王博众的面前，表情很严肃语气很认真地责问道：“王博众，看你怎么和我解释？你这叫恃强凌弱，欺负平民百姓！践踏读书人的尊严！咱俩还没结婚你就学那些不良少年打架斗殴，以后结了婚有了孩子让我如何踏实和你过日子？”当时王博众十分惊讶，也挺愤怒，因为于菲菲不分青红皂白就像教训小孩子一样批评他。

王博众当然也不甘示弱：“什么时候轮到你一个女人教训我了？于菲菲我发现你变了！别仗着那么多人宠着你就觉得自己多么的了不起，宠你是给你台阶下，天下漂亮的女孩子多得是！别以为离开你就不能活了。”

王博众的这番话对于菲菲来说简直就是火上加油，让往日性格温顺偶尔带点匪气的于菲菲彻底爆发了，把平时的点点滴滴委屈和不满全部都说了出来：“王博众！你也变了！变得满身铜臭味，不再是我当年认识的温文儒雅的侠义书生了！王博众，我告诉你，每个人的耐心都是有限的，做人要有良心！别忘了你曾经沦落到何种地步！你也体验过底层揭不开锅的那种无助生活，别忘了是谁那么多次委曲求全与你同甘共苦伺候你这么久！王博众，这日子没法过了，别以为你现在有钱了就多么的了不起，本姑娘不稀罕！难道我害怕离开你没人要啊？这个世界女人永远不会剩下来，只有你们男人打光棍！”于菲菲一边说着一边收拾行李准备回娘家。

王博众当时一时快意说：“走吧！有本事永远不要回

来了！再也不想见到你，走得越远越好。”

“算你狠！王博众这可是你说的，总有一天我会让你后悔的！你现在是身在福中不知福。”

于菲菲一边说着一边收拾完行李打了一辆出租走了，当时王博众的父亲去水库钓鱼了，没有看到他俩闹别扭的那一幕，如果王博众的父亲看到了，肯定不管三七二十一给王博众两巴掌，因为在王博众的父亲看来，男人欺负女人是最没出息的行为。

于菲菲刚走不到十分钟王博众就有点后悔了，这时的王博众气已经消得差不多了，于是赶紧给于菲菲打了个电话，那边的回音提示是您拨打的电话已关机，请您稍后再拨，王博众觉得这次于菲菲是真的生气了。以前她的手机二十四小时为他开机的，王博众怕她会做出什么傻事，立刻下楼开车四处寻找于菲菲，他们经常去散心的郊野公园找了，晚上很繁华的南锣鼓巷各大酒吧找了，三里屯几家他们常去的酒吧也找了，北京城这么大，一个人如果想躲起来其实很容易。

最后王博众叹了口气驾车打算去于菲菲父母那里找找，此时此刻的王博众心急如焚懊恼万分，因为疲劳驾驶，在回来的路上和迎面而来的一辆超速行驶紧急刹车的货车撞上了，当时王博众的白色宝马被大货车的惯性直接撞翻了过去，王博众因为系了安全带没有生命危险，此时的他由于失血过多已经晕了过去。当时货车司机都吓哭了，嘴里不停地喊着：“上天保佑、上天保佑、上天保佑啊！保佑他平安无事，万一他要是走了，我还有妻儿老小等着我养家糊口呢！”他心想只要没有生命危险就算举债度日也没关系，因为只要是钱能解决的都不是事！紧接着交警就赶了过来，大货车司机超速行驶酿成这场车祸是罪魁祸首，被扣了分罚了款并且支付了这场交通事故的所有医疗费。

在救护车赶来现场之前，于菲菲正在一条池塘边准备自杀，她想起了当年和王博众在长城邂逅的情景，她问王博众：大个子哥哥你住哪啊？王博众的回复幽默风趣：平西王府。她想起了多少次给王博众买早餐喊他起床的情景，还有她与他的同母异父的妹妹情敌之间的较量，她想起了追了好久他才答应做她男朋友，跪地求婚为她戴上戒指抱起她惊喜万分的那一刻，她想起了在公园里的木椅上她躺在他的怀里温顺得就像一只小羊羔，她想起了他喝醉酒嘴里喊着曾经女友的名字她听着心都快碎了的情景，她同时也想起了她与他订婚时得到两个家族长辈以及所有亲朋好友的祝福高朋满座的情景，她搬进王博众买的别墅住在隔壁房间后半夜为他盖被子的画面，等等，只有她心里明白她有多么爱这个男人，她知道他们俩能够走到今天是多么的不容易。

正当她万念俱灰的时候听到了一辆救护车的声音，睁开眼她看到一辆救护车匆匆从她身边经过，她下意识开了手机看到九十九个未接电话，各种道歉问候焦急的短信铺天盖地而来，都是来自同一个人同一个号码，这个人就是她现在恨得咬牙切齿想把他给灭了的曾经爱得死心塌地的王博众。她连忙给他回了个电话，接电话的是某医院的护士，接电话的护士第一句就问您是他的家人吗？他在东城区某某路某某医院某某室住院接受治疗，病人已经昏迷了过去，请速来。负责看守的护士说完立刻挂了电话。陪王博众住院治疗的还有那个货车司机，于菲菲这才恍然大悟，原来王博众只是一时气话，在气头上说的话她竟然当真了。

醒悟过来的她立刻打了一辆出租并嘱咐司机以最快的速度赶往东城区某某医院，于菲菲的情绪十分激动，推开门看到王博众正在病床上输液鼻子上插着氧气管，看到旁边守候的货车司机，于菲菲挥舞着她的小拳头哭着喊着让那个货车司机还她未婚夫，值班的护士连忙制止劝告于菲菲说这里不是打闹的地方，病人需要休养观察，现在看迹象还没有生命危险，估计得休养三天左右才能醒来，病人因为失血过多需要输血。

于菲菲和货车司机这时才缓了一口气，于菲菲很认真地对护士说：“输我的吧！”

“那你等会儿跟我过来验下血型。”

“嗯，等我两分钟。”

于菲菲在王博众的耳边轻声地说："博众哥哥，我不走了，我回来了，我知道你当时只是在气头上故意说的气话，我不怪你了，快点睁开眼看看我好吗？"于菲菲已经泣不成声，一边说着几滴眼泪从她洁白的面孔上滑落。

此时此刻的于菲菲话还没说完已经哭成了泪人，之前她就暗自告诉过自己即使和他在一起只是演一场戏，也要按照剧本上注定的结局全身心地投入并保证无条件演完。

于菲菲抽血化验原来和王博众都是O型血，于是就在输血室抽了三百毫升，之后于菲菲拨通了王博众父母和赵小曼的电话，刚说完在某某医院具体房间就晕了过去。

这两天于菲菲一直守在王博众的病床前，轮流过来照顾送饭的还有王博众的父母和赵小曼，于菲菲每一分每一秒都不想再离开他，一个小时又一个小时过去了，一天两天过去了，于菲菲的等待变得有些焦急，于是她双手合十闭上双眼虔诚祈祷希望他早日康复。

第三天一早，王博众动了动手指，轻轻地睁开了眼睛，曾经于菲菲给王博众买早餐看过好多次他睡觉的模样，尤其是那蝴蝶翅膀一样一张一合的睫毛，是每个少年梦寐以求羡慕至极的一份恩赐，以至于很多青春期的少女为了追求那种美戴上了假睫毛。

王博众嘴里含糊不清地喊着"水，水，水"，这时在护士的帮助下王博众鼻子上的氧气管已经取了下来，护士离开之前，嘱咐病人家属病人刚刚痊愈还需要休息一两天。

王博众喝了两口水，扫视了四周看到了他的父母、他的妹妹还有他的未婚妻，旁边的是那位撞伤他的货车司机，王博众开口的第一句话就是向于菲菲认错：“对不起！那天我情绪有些失控，这次麻烦你了。”

于菲菲当时喜笑颜开：“都快成一家人了，干吗还那么客气？我怎么会怪你呢？是我把你的一时气话当真了。”于菲菲怕说出自己准备自杀的事会刺激到他，话到嘴边还是咽了下去。

她知道王博众这时需要休养，“你若安好，就是我最大的心愿了。我只祈求你平安无事，即使哪天你身无分文我也不会嫌弃你，我会一直陪着你，直到天涯海角。”

王博众听完又闭上双眼昏睡了过去。王博众的父母这时才放心回家补充睡眠，留下赵小曼和于菲菲在这里照顾王博众，王博众的父母临走之前，护士告诉他们目前病人没有太大的生命危险，更不要担心他会失忆或者变成植物人，明天就可以出院。

用那句老话来说就是：吉人自有天相！王博众住院期间全部由他的业务主任王梦影代为打理公司大小事务。

王博众出院之后，遭遇了人生中第一次事业滑铁卢，一方面是另一家同行公司的迅速崛起，另一方面是一些长期合作的大客户突然毁约撤销了很多大的订单，第三方面是资金链断裂，大量的外债和高额的支出步步逼近，以至于最后到了宣布破产的地步。一些员工看他的公司大势已去纷纷递上辞呈，原本到期即将举行的婚礼也因为他公司突然出现的经济危机被于菲菲的父母果断给取消了，于菲菲父母的态度也发生了翻天覆地的变化，说马上都要成为负债累累一无所有的穷光蛋，我们的女儿跟着你以后喝西北风啊？这些突如其来的变故顿时将往日风光八面的王博众推向风口浪尖。

他在想要不要把那套别墅和名车给卖了，毕竟那样也可以缓解一下公司的危机。他多方面收集以前的朋友圈人脉网，至今能够帮助他化解这次经济危机的只有一个人，而这个人正是与他家有着世仇的在国内拥有一百八十多家分店的某大型房地产控股公司董事长兼总裁任一鸣的千金任世嫣。

任世嫣是王博众的学妹，比王博众小三岁，在校期间曾经大胆追求过王博众，当时她捧着九十九朵玫瑰站在王博众寝室的楼下向王博众当场表白，闹得满城风雨，以至于他的发小也是他的大学同学很羡慕很自豪地把这件事告诉了他父亲，等他回去后，父亲不问三七二十一就一巴掌狠狠地打在了他的脸上，厉声训斥道：“我们王家和任家是两代世仇，如果你敢娶一个仇家的女儿为妻，如何向我们王家的列祖列宗交代？如果你不听也可以，以后再也不要进我们王家大门半步，从此我们王家就当没有你这个不肖子孙！我们王家虽然不算大户人家，但也称得上书香门第，虽然百年之内没有人出人头地，也懂忠孝之道和礼义廉耻。”

这段话像是夏季的闷雷一样时常回响在他的耳边，以至于每次偶然碰到任世嫣他都是敬而远之不敢多说一句话，即使有事以朋友的身份见面，也是戴着墨镜打扮得让其他同学认不出来才放心。

因为酒吧那件事之后，两人已经三年多没见，如今任世嫣不仅担任她父亲公司董事一职，还在郊区买下一块空地盖了三层楼创办了一所爱心希望学校，帮助了一百多个想读书却因为天灾人祸中途辍学的无依无靠的流浪儿童和孤儿顺利完成学业。任世嫣的这个慈善活动自从发起倡议以来就受到了媒体和社会各界热心人士的广泛关注和支持。

这件事很快也从王博众的学弟学妹口中传到了王博众的耳中，王博众十分赞赏任世嫣的做法，如果有人让他给个评估，那肯定是不折不扣的一百分好评。

这三年以来，那件事一直是王博众心中的一道伤疤，对那个单纯善良的学妹任世嫣一直有所亏欠，他很感激那段时间她对他无限的温柔、宽容和耐心。

若是有缘再见，三年之后又会是怎样的情景？王博众想着想着就不敢往下想了。

毕竟曾经辜负了人家的一往情深，而且他有什么资格和能耐让一个富二代千金大小姐等他下定决心非他不嫁呢？

于菲菲的父母悔婚把于菲菲接回家，不让于菲菲和王博众再见面。王博众的事业遭遇滑铁卢，他的爱情可谓是雪上加霜，他在想不行就再找一个，天下如此之大，难道还怕找不到一个满意的并适合自己的妻子啊？

于菲菲咬咬牙还是毅然决然地离开了王博众，她告诉王博众虽然她很爱很爱他甚至可以为他出生入死，但是不能不要自己的亲生父母，她说她回去后还会做做她父母的思想工作，争取一线生机。

而在王博众的眼里分手已成定局，没有半点商量的余地了，把感情当游戏口是心非的女孩他见得太多了，只是不愿当面拆穿，即使于菲菲听从她父母的安排一去不复返，王博众也早已做好心理准备了。

也许一个人的情感经历多了那颗心就变得麻木了，也许伤得最深最痛的只有第一次失恋吧？他明白他没有权利去主宰别人的想法和决定，他唯一能做的就是让自己从内到外变得强大起来。

“大丈夫能屈能伸”，求助学妹任世嫣的想法在他的脑海中徘徊，时间一分一秒地过去了，如今他深刻感受到古时带兵打仗敌人兵临城下那种紧迫感，他承受的压力已经快把他给压垮了，现在唯一的出路不是坐以待毙而是搬救兵。

以前刚来北京时用的那部手机丢了，上面的手机号码除了烂熟于心的亲人和死党的手机号码以外，其他全部连同手机一起无影无踪了。当务之急就是想办法通过社交工具 QQ 或者微信联系到最后一根救命稻草。

如果抓住最后一根救命稻草的机会都丧失了，也就意味着不久的将来王博众的公司即将被收购宣布破产了，虽然辛辛苦苦这么多年，但是事实总得接受吧？毕竟这不是一场商业游戏，如果无力挽救这个即将倒闭的上市公司，他将重新回到原来的生活。

果然皇天不负苦心人啊！找了整整三天，王博众在一个校友那里得知了学妹任世嫣的工作地址和联系方式，王博众记下了任世嫣的手机号码，他当时眼睛一亮，竟然和读书时的号码一样，原来这几年任世嫣的手机号码没有换过，不换手机号码也就意味着她可能怕在她心目中重要的人联系不上她。

在拨通学妹任世嫣的电话之前，王博众犹豫了十分钟，这十分钟之内，他发现自己就像一个想临阵脱逃的士兵一样胆怯，对于那个曾经疯狂追求过王博众的学妹，王博众的心中有着太多的亏欠，如果可以重来，不知她还愿不愿意原谅他？三年可以发生很多事情，三年之后，不用想也能明白其实很多事就像李清照词中写的那样“物是人非事事休”。如今的任世嫣已经长成亭亭玉立美丽动人的大姑娘。

王博众在自己的办公室拨通了任世嫣的电话，熟悉的电话铃声响起，还是那首《最幸福的人》：“遇上一个人要多少缘分，茫茫人海擦肩而过多少陌生人，但你的眼神触动我的心，我愿意用所有换你一个转身。爱上一个人要多少缘分，心甘情愿为你付出不觉得愚蠢，爱你那么深爱你那么真，真的好想这样让这份爱永恒。你知不知道你就是我最爱的人？”

电话拨通将近一分钟以后任世嫣才接，任世嫣接电话之前一看是北京陌生号码以为又是骚扰电话呢，看对方打电话如此执着就抱着试试看的态度接了。

“喂，嫣嫣，我是王博众，还记得我吗？这几年你过得还好吗？”王博众关心地问候了几句，耐心地等待任世嫣的回答。

任世嫣听到曾经那个熟悉得不能再熟悉的声音之后当时就愣住了，任世嫣因为紧张激动一时惊慌失措，她怎么会想到三年之后，她曾经那么爱慕的学长竟然主动联系她了，而且从校友的口中得知王博众已经是北京一家上市公司的总裁。

她还是故作镇定冷冰冰地回了一句："哦，有事吗？没事我先挂了。我还要上课！"

王博众陷入一段短暂的沉默之中，他知道此时此刻不能提前亮出自己的底牌，等了半天居然听到如此伤自尊的答复，当时心就凉了半截，他轻轻地暗自叹了口气，真是求人不如求己啊！

"等我下班再给你回过去吧！"任世嫣心中窃喜，博众学长竟然上当了，然后就满怀期待地匆匆挂了电话。

王博众哦了一声挂断了电话，那颗紧张的快跳出来的心瞬间又恢复了平静。

这一个下午的等待让王博众如坐针毡忐忑不安，他一会儿看表，一会儿走到窗台前看着窗外行色匆忙陆续过往的行人，一会儿在走廊上来回踱步，整颗心早已飞向了远在千里之外的学妹任世嫣那里。

如今已经到了兵临城下的紧要关头，王博众从来没有像今天这样焦急过，他在想当老板并不是他以前想象的那么美好，比普通上班族的压力大多了，他不禁在心头万分感慨了一句："老板难当啊！"

他这么一想心中释然了很多。王博众这时突然想起来他的最后一根救命稻草，他的大学校友、曾经暗恋过他的学妹任世嫣。

还没等他动身，任世嫣就打来了电话："学长，今晚还过来吗？今晚预订的是几点的机票啊？几点能到？”

王博众这时突然愣住了，他竟然忘了预订机票的事，于是紧张得说不出一句话来，后来吞吞吐吐地就像复读机以最慢的速度播放似的一字一句说：“抱歉，竟然把这么重要的事情给忘了。”

王博众以为任世嫣会大发雷霆批评他不把她放在眼里，没想到任世嫣对他还是像往日那样有着取之不尽用之不竭的耐心和爱慕之情，在任世嫣的心目中王博众从一直是她的座上客上上宾。

“学长言重了！那是学长您老人家忙，贵人多忘事。这样吧，过两天我正想去一趟北京，看望我爸，顺便玩几天。你有时间单独陪我两天吗？”

“这个，应该有时间的，平时我比较忙，尽量在晚上抽出点时间陪你吧？”王博众的语速有点缓慢还带点结巴，这几句话好不容易才从嘴里挤出来。

“不行！必须单独陪我玩两天，不然我就不去北京了。”任世嫣还是娇生惯养大小姐的脾气，依然那么任性，但对于王博众来说就相当于一个杀手锏。

“嫣嫣，你有所不知，当年学长不是薄情弄得你那次那么难堪，是咱们两家上辈子的恩怨才逼不得已没有选择你的，学长心里也有难以言喻的苦衷，只要你肯来北京见我，什么要求什么条件我都答应你！我知道我的好学妹大人不记小人过，不会这么心胸狭窄小肚鸡肠的。”王博众就像哄孩子似的哄着任世嫣。

“哎呦，这是什么情况啊？我们安大第一才子一向很清高的，怎么突然对一个小学妹这么温柔体贴？这么优厚的待遇我可担当不起啊。快说到底有何居心？！如果不坦白承认，哼，要是敢欺负本小姐，肯定饶不了你。对了，你说的上辈子咱们两家的恩怨情仇，此事从何说起？我怎么从来没有听父母说过？”任世嫣这时突然急转话锋。

“一言难尽啊！是这样的，我是找你来拯救我的公司的，目前你是学长唯一的一根救命稻草了。你学长我现在就像是热锅上的蚂蚁，哪还有时间跟你开玩笑？如果你也不管学长，那么我的公司和别墅即将被法院拍卖抵债，电话里说不清楚，等你近日过来的时候再告诉你吧。”

“原来是这样啊！学长现在知道我对你多重要了？没想到学长也有用得到我的时候。上市公司？别墅？学长你买别墅了？究竟是怎么一回事啊？”

任世嫣很惊讶，也很好奇，这一点坚定了任世嫣去北京探望她父亲的想法。对于任世嫣来说，一个安大第一才子、被众多师生追捧和爱慕的学长能够有求于她简直就是上天对她格外的恩赐。

“这其中的情况我愿闻其详，只是学长得先答应我一个条件，就是去年过年期间父母给我介绍了一个男的，名叫王步升，他是个土生土长的北京人，我看不上，而且和他没有共同语言，和我们家算是门当户对的，父母对他的家境、工作和一切都很满意，今年大有逼婚的趋势。我看到他就烦，需要学长演一次我的男朋友，让那个男的死了那条心从此不再对我死缠烂打。”

“啊！”王博众想了想还有最后二十天公司就要倒闭的巨大压力，只好委曲求全，“看在你这根救命稻草的面子上我豁出去了，这对于我来说就是小事一桩，包在我身上了。当年我差点就报考了中央戏剧学院影视表演系。”王博众的回复表现出了男子汉顶天立地舍我其谁的使命感和英雄本色。

“那就好！咱俩齐心协力，我相信会让那个花花公子知难而退的。”

任世嫣就像是吃了开心果一般憧憬着幸福的那一刻的到来。

“那是势在必得！到目前还没有我王博众搞不定的人呢。街头流氓混混我不知征服了多少个，有单打独斗的，有三五个一起上的，个个都被我打得落花流水，败得心服口服。”

“学长，你的这个对手与街头流氓混混不能相提并论的，他从小也练过武术，后来下山结交了许多不三不四的狐朋狗友，喝酒打架对他来说是家常便饭，还没练成就把人给打伤了，结果他师父看他武德和人品不好就给他下逐客令了，因为这样的人要是练成武术绝学定会危害更多的人。习武的宗旨就是强身健体，用来自卫而不是显摆。他在北京算是个不折不扣的富二代，黑白通吃，有一定的势力，也不是好惹的。”

“看来这个人并没有我想象中那么简单，此等纨绔子弟不可与之武力相拼只可智取，否则定会两败俱伤。”王博众心里盘算着。

就这样这件事算是谈妥了一大半，任世嫣当晚就预订了飞往北京的机票，并告知了王博众到达时间，让王博众最少提前一个小时去接她。这三年之别两人当然都改变了许多，至少王博众和与他一起毕业的校友们直接拉开了差距，两人就像往日的一对恋人迫不及待地等着久别重逢的那一刻。

看得出任世嫣这次来得很着急，因为王博众一直是她心中的遗憾，人生有太多的起起伏伏和遗憾我们无法改变无法左右，但是我们可以珍惜在一起的每分每秒。

王博众助理王梦影早就提着一袋水果和一盒巧克力在首都国际机场出口等候这位贵宾的到来。这一天任世嫣在过来之前精心打扮了一番，虽然不算浓妆艳抹打扮的花枝招展，只是略施粉黛，真是女大十八变啊！

王博众在三年后再次见到学妹任世嫣的时候，任世嫣一袭白裙，脚上穿着一双黑色高跟鞋，三千青丝，飘然若仙女下凡，令人情不自禁地在心底发出一声感叹。如今的任世嫣已经出落得亭亭玉立，只是性格依然像以往那样大大咧咧的。

而王博众再次出现在她面前的时候已是一个文质彬彬的成熟男人形象，短发平头，一副看起来温文尔雅的半框眼镜，剪裁得体的一身名贵西装，浑身上下处处散发着一个男人特有的超凡脱俗的气质和内涵。

正在两人久别重逢愣了片刻的时候，王博众首先开口说了一句："好久不见！"任世嫣也附和了一句："好久不见！"当时她的内心早就激动得翻江倒海，如果不是看到王博众旁边的那个姑娘，她甚至会冲上来紧紧抱着这个让她魂牵梦绕的男人，然后在他耳边轻轻地说一句："博众哥哥，这几年我好想你。"

"这位姑娘似曾相识，不知怎么称呼？是不是该叫嫂子？"任世嫣轻声地问了句，这个好奇的疑问把王梦影问得当场害羞得脸一下像熟透了的红苹果一样。

"哦，忘了给你介绍了，这位是我的大学校友、你的学姐王梦影，现在是我的得力助手。"

"哦，原来是这样啊。失敬失敬！学姐，不要见怪。"

任世嫣一边抱拳一边道歉，一看就是武侠小说看多了，浑身上下充满着侠肝义胆的江湖气息。

“没想到王总经常在我们面前提到的任氏地产千金小姐不仅貌压群芳人见人爱，而且还通情达理！”

“对了，任大千金，这长途跋涉千里迢迢赶回北京辛苦了，给你买了点水果先吃着垫垫肚子吧。午餐已经订好，为你接风洗尘，快随我们去吧！这里不是说话的地方。”

“那本小姐就勉为其难接受学长的好意邀请喽！”任世嫣很愉快地答应了王博众的提议。

回去的路上，任世嫣就像看国宝一样一会儿偷偷看王博众一眼，王博众看她的时候，任世嫣又装作没看见似的，旁边的王梦影看到他俩这样觉得挺有意思，也情不自禁地偷笑起来。

王博众嗔怒道：“看什么看？没看过美男啊？我又不是熊猫，有那么好看吗？”

“就看！就看！就看！不服把脸捂上！有本事你喊非礼啊？哪条法律规定长得帅就不给人看的？”任世嫣像个小孩子一样嚷嚷道，依然很叛逆，说完哈哈大笑起来。

“博众哥哥，别忘了你答应我的那个请求。”这时任世嫣话锋一转，刚刚的嬉皮笑脸转瞬即逝，就像个百变女郎似的变得严肃认真起来。

“当然不会忘记，这么重要的事我怎么会忘了呢？学妹的事情就是我的事！我已经想好对策了。”

“是吗？我倒要看看学长的本事到底如何？究竟是如

何帮我摆平这件事的？”

用餐期间，任世嫣给和她相亲的那个人发了一条短信：“明天上午十点在一家高档餐厅你会见到一个情敌，胜败就在明天，我只可能选择你们其中之一，你最好做好心理准备！”

“谁家的王八羔子？吃了熊心豹子胆了吗？敢和本少爷争女人？我倒要看看这个人到底有几斤几两！”王步升收到这条短信的时候，正在夜店和两个不三不四的陪酒女喝酒，愤怒地一手握碎了手中的玻璃杯。

“白猫黑猫，逮到老鼠才是好猫。”任世嫣淡淡地回了一句，其实在她心目中王步升连个备胎都不如，只是她手里的一颗棋子而已，她的真命天子是王博众，这次只不过是通过王步升这个不学无术的花花公子考验一下王博众对她的情意，然后顺手牵羊将计就计把原本属于她的白马王子给夺回。

如果说王博众是一只温驯的小羊，任世嫣就是那只蓄谋已久的野狼，她会随便找个借口让他迟早变成她口中的美味佳肴。

时间虽然有些仓促，但是一切还是按照原计划行事，出人意料的是王博众的情敌王步升迟迟没有赴约，任世嫣终于忍不住给王步升打了一个电话，看看究竟是什么情况。电话暂时无人接听，如果这么重要的约会也能迟到，那完全就是态度问题，即使有一万个理由也没有商量的余地了。王博众最讨厌的就是别人放他鸽子，王博众直接来了一句：“要我说这样不靠谱的男人不要也罢。”

任世嫣很有信心地说：“他绝对不是这样的人，肯定是在来的途中遇到什么事情了，他很在乎我的，我让他去撵狗他不会去打鸡。”

“那这么说你是请我来当电灯泡的喽？我还是不打扰你们了。”这一刻王博众有一种前所未有的失落感。

“没想到博众哥哥也这么爱吃醋？博众哥哥你就好人做到底帮我一次好不好？”

“你让我做什么都可以，就是不可以当电灯泡。”

过了大概十分钟王步升打来电话说：“嫣嫣，对不起，刚刚开车路上有个不知天高地厚的人超车，长这么大还没几个人敢和我对着干的，我也不服气后来变成了两人飙车。”

最后王步升那辆跑车虽然没有被撞坏，但两人一直没分胜负，交警来了把他们给拦了下来，王步升突然想起为了图一时快意竟然忘了那么重要的约会，而此时此刻已经离约会地点很远了，所以这次约会只能取消了。

“你没事吧？”任世嫣还是第一次这么关心他。

“我没事，只是一些皮外伤，就是今天很抱歉过不去了。要不改成明天吧？对了，上次订婚的事考虑得怎么样了？”

“呃，心急也不了热豆腐，该是你的谁都抢不去，不是你的即使你得到了也会失去。长痛不如短痛！何必急着快刀斩乱麻？这也不能全怪你，以后肯定有机会的，来日方长。”

“请不要在我面前秀恩爱！再说我就先走了。”王博众这时一反常态，想起了变了心的女友和那段曲折坎坷的经历。

这一刻王博众的脸上浮现出一丝哀伤，接着陷入沉思，平时经常听朋友说只要和我没有一毛钱关系的人和事，我决不会多管闲事。

难道人与人之间只有永远的利益，没有永远的友谊吗？难道人与人之间只有利用和被利用的关系了吗？难道这个世界上纯粹的爱情和友情就不复存在了吗？难道那些浪漫的刻骨铭心的爱情和高山流水遇知音一样的友情已经在这个世界像恐龙一样灭绝了吗？

“博众哥哥，博众哥哥，你怎么了？是我的话伤到你了吗？”任世嫣一边说着一边在王博众的面前摆摆手，王博众这才回过神来。

“不好意思，刚刚有点小伤感，我自己会调整好的。”

王博众一边说着一边又从脸上挤出一丝苦笑，他笑一个曾经爱过他的女人怎么可能等他一辈子呢？何况她家有着普通人望尘莫及的显赫背景，很多人挤破脑袋都想高攀一把，做梦都想把她娶回家，追求她的人可以从北京的一环排到六环边上，只要任世嫣看不上的，即使他家有万贯家财也无济于事，这就是一个巨无霸房地产经纪公司董事长千金的优越感。

这是个看脸的时代，这同时又是个拼爹的时代，出身穷苦家庭的孩子和出身豪门的孩子相比首先就输在了父母营造的起跑线上，而超越就要付出常人难以想象的努力和代价。

“如果没有其他的事，我就先走了。”

王博众这一刻不打算求她帮忙了，他突然觉得一切皆有天数，人算不如天算。一切就顺其自然吧！能否扭转局面不能靠一个仇人的女儿帮他说情，王博众觉得这样不是他做人的风格，这时候一幅雄鹰展翅翱翔蓝天的画面浮现在他的脑海里。

没有靠山，自己就努力成为自己最坚固的靠山！王博众在失意的时候经常对自己说这句话。

任世嫣突然觉得好惊讶，明明之前还十万火急似的向她求救，现在他的眼神看起来却像一座空城一样黯然失色，任世嫣心想这么好的表演天赋不去学影视表演太可惜了。

“站住！回去我和我爸说说你的事，看看他愿不愿意帮你渡过难关，我可不忍心看着我们安大第一才子王博众同学一夜之间变成暴发户，一夜之间因为债务缠身突然又变成了一无所有的穷光蛋。这事交给我好了，我一定会尽力说服我爸的。”王博众刚刚一脚迈出大门就被任世嫣给喊住了。

“还是我自己想办法解决好了，你们任家和我们王家有世仇，你爸知道你现在跟一个仇人家的孩子交往，而且去帮仇人的儿子，他一定会恼羞成怒的，况且对你也不好，我也不想给你惹麻烦。‘留得青山在，不怕没柴烧。’大不了失败了从头再来。”

“博众学长，他老人家愿不愿意帮你是另外一回事，主要是我还不明白你想让我怎么帮你？或者简单直接点是出力还是出钱？”

“如果可以，我想以房产做抵押向你父亲的公司借一千万。”“一千万？博众学长你的胃口也太大了吧？况且我现在还没继承我爸的产业，就算继承也是我弟弟继承，一千万可真不是一笔小数目。实在不行你就把我给绑架了吧？”

“呵呵，把你绑架了你爸报警我可是要负刑事责任的，犯不上啊。求人不如求己！我还是自己想办法吧。”

当天晚上任世嫣就把博众学长融资的事跟她父亲说了，任世嫣的父亲任一鸣一听一千万，吓了一跳！心想究竟是谁有这么大的魄力？就好奇地问：

“那个想找我融资的人是谁？他怎么没有亲自过来？这一点诚意都没有嘛。你答应他了吗？我凭什么要帮他这个忙？”

任一鸣虽然现在身家上亿，毕竟以前也是白手起家，当年下海经商吃过无数次闭门羹深刻体验到生活的艰难，好不容易才把事业做到如日中天，所以生活作风极其俭朴。

“爸，他是我的校友，我的学长王博众，是个很有志向很有进取心的文艺青年，也是北京一个创业公司的总裁。”

任一鸣一听有志向有进取心的创业公司总裁，跟任世嫣还是校友，立刻对王博众有了浓厚的兴趣和好感。

“既然是个有志气的文艺青年，那改天让他和我约个时间见一面再细谈这个事吧！如果他不介意就把他挖到我的公司，或者咱们把他的公司收购算了，这样主动权依然掌握在我们手中。”

任世嫣百变女郎的个性可能遗传她父亲的基因，对父亲喜怒哀乐变幻莫测的个性早已习以为常。

接着任世嫣的父亲又补充了一句：“你告诉你那个校友，跟他说咱们都是做生意的不做亏本的买卖。”

“爸，这您放一万个心！博众学长可不是那种爱贪小便宜的人，以我对他的了解，只要帮他渡过了这次难关，等以后咱们需要他帮忙的地方他一定赴汤蹈火，等他的公司起来了你们合作的地方多着呢！”

“‘青出于蓝而胜于蓝’，你真不愧是我的宝贝女儿，这么小考虑事情就这么周到，将来继承我的公司我也没有什么后顾之忧了。但是知人知面不知心！咱们也不能随便轻信一个外人说的话，害人之心不可有，防人之心不可无。这个忙如果确实有必要帮，看在女儿的面子上我也不会不管不问，但是必须得签订书面协议或者合同，那样以防万一，也好有个证据给自己留一条后路。”

“这父女俩在聊什么事？这么神秘？”任世嫣的母亲程思思神不知鬼不觉已经凑到父女俩身后，紧接着刚刚下班的任世嫣的双胞胎妹妹任晓月也回来了，看到一家三口如此亲密交流，好奇地凑上去问个究竟。

“姐，你什么时候回家的？怎么这次也不和家里说一声？”

任世嫣看到她的妹妹也回家了，两姐妹紧紧抱在了一起。随后任世嫣的弟弟任世玉也从外边回来了，任世玉今年刚刚十九岁，在北京某大学经济管理系读大一，这个如此霸气的名字寓意深刻，任世嫣的父亲是希望这个儿子在各个方面都能势如破竹一帆风顺，毕竟这么大的家业需要一个有实力的儿女来继承。

可能任世玉还没到懂事的年纪，他很贪玩，不是很争气，任一鸣三番五次说再这样就断了他的经济来源让他体验一番穷困家庭孩子的生活，每一次任世嫣的母亲程思思都会为这个幼子求情，毕竟父子情深，每次只是一些轻微的家法惩罚，任世玉转身就给忘了。

目前任世玉在父亲的公司挂职，三天打鱼两天晒网，经常在外边泡酒吧、夜店，打架，捅娄子，进过好几次派出所，有一次在学校打架闹事差点被学校给开除了，任世玉的劣迹当然还不止这些。

“姐，什么风把你吹回来了？你不是在办你的爱心希望学校吗？出什么事了吗？要是谁敢欺负我们任大千金，弟弟我带一帮兄弟好好教训他一顿！按我说吧，放着锦衣玉食的好日子不过，非要瞎折腾去搞什么慈善爱心学校？”任世玉看一家人都不说话了，一双双眼睛盯着他就像饿狼盯着羊羔似的冷森森的不禁打了个寒颤。任世嫣向他使了个眼色示意他看书去，免得父亲又要对他家法处置。

“爸妈，姐，这里没我的事，我到书房看书去了。”任世玉一边说着一边小心翼翼地走进书房，打开笔记本电脑玩起了游戏。

“爸，我会将您的意思一五一十地跟学长说的，等哪天约个时间你们单独细聊吧。”

“别人的面子可以不给，自己宝贝女儿的面子还能不给吗？只要条件和要求合理就依你了。”

任一鸣对他的宝贝女儿一直千依百顺疼爱有加，也许一个孩子只有在幸福的家庭环境里才能够健康快乐地成长。

任世嫣说完就回房休息了，她在想事成之后，他也许会站在某个约会的场所，单膝跪地，双手献上 99 朵鲜红的玫瑰，再为她戴上求婚戒指郑重其事地向她求婚，还有婚后度蜜月期间浪漫的幸福生活，她很快沉浸在一段梦幻般的想象之中，毋庸置疑的是他一定会对她刮目相看，甚至感恩戴德。

第二天一早刚到办公室，任一鸣就让秘书小璐调查一下王博众的详细家庭背景和他现在的职业。

也许每个成功的商人都是那么精明，都是高效率利用时间的高手。

王博众这件事对于任一鸣来说就是重要且紧急的头等大事，对方的家庭背景和底细不调查个水落石出他绝对不会贸然去见一个陌生人，任一鸣做事一向谨小慎微，因为他之前吃过亏上过当。

下午的时候任一鸣的秘书小璐查出了王博众的身世背景和现在的职业和处境，“任总，王博众来自一个没落了数百年的王氏大家族，他的父亲叫王青平，也是经商的，名下有两个分公司一个子公司。王博众年少有为，特别有经商的才能，毕业两三年就成了暴发户，现在是一家传媒责任有限公司的董事长兼总裁，目前债务很多，处境十分危急，如果没有人愿意及时雪中送炭，估计不用十天他的公司就会因为资金链断裂而倒闭，现在董事会其他两个大股东已经密谋联手把他架空。”

“王青平，这个名字怎么听着这么熟悉呢？”

当任一鸣想到了那段不堪回首的往事，脸色就像暴风雨来临前的风云突变，令人望而生畏，他深深地叹了口气并发出一声感叹：“真是不是冤家不聚头啊！没想到当年如此庞大的王家也有今天！”

想到了这些，就算有一万个理由任一鸣也不会再去帮王博众这个忙了，这已经是王任两家三十多年的仇恨了，任一鸣斩钉截铁地说：“嫣儿，这个忙爸不能帮，而且从今以后你与王博众断绝一切往来，否则就没你这个女儿。”

“爸，你明明昨天晚上才答应过我，怎么可以说变就变呢？还要限制我的人身自由？你到底怎么了？你还是以前那个对我宠爱有加的爸爸吗？你到底是不是我的亲爸爸？”

“放肆！原本不想让你知道这些的，事到如今也没必要隐瞒你了。这段往事尽管时隔多年依然是我这一生的痛！我们任家和王家有着解不开的恩怨情仇。

“三十年前你还没出生，你的姑姑和王博众的叔叔是青梅竹马的一对恋人，两人相爱了七年，后来王博众的叔叔王欢一次出差途中结识了新欢，回来之后不顾所有人的反对要和你的姑姑离婚，双方父母都无能为力，我气得当时甚至和他大打出手抽了他几鞭子。然而我的做法不但没有让他有任何收敛反而让事情发展得更加恶劣，王欢直接把新欢带回了家，和你姑姑扭打在了一起，后来你姑姑心灰意冷一时想不通自杀了，两家原本是亲家后来从此不相往来。”

任一鸣严肃认真地把往事重提了一遍，他这番叙述就像冬日里的一盆冷水浇在了任世嫣的心上。

任世嫣听完父亲跟她说的这个故事之后深深地叹了口气，任世嫣心想：“难怪读书期间那么高调追求他，他不但无动于衷而且还处处躲着我，难怪那次无意间问起那个英年早逝的姑姑时爷爷奶奶不知不觉掉眼泪。”一家人总是不愿再提起那段往事，这些谜底和疑虑都解开了，就像一片大雾从她的心里消散开来。

随后任世嫣很抱歉地对问王博众说：“今晚有空吗？出来坐坐，找你谈点事。”王博众也感觉到电话里的声音好陌生，他意识到任世嫣机械般的问句，他知道任世嫣肯定有心事。

“好！地点哪里？正准备给你打电话呢。谁惹我们的任大千金了？”

“见面再说吧！还是那家有池塘和花园的露天餐厅吧。今晚七点在靠窗那个座位等我！”任世嫣说话的语气很缓慢很沉重。

王博众一整天就像热锅上的蚂蚁坐立不安，右眼皮一直跳个不停，按照迷信的说法，左眼皮跳跳，不是要升官就是要发财了，而今天恰恰是右眼皮跳，一种不祥的预感在他的脑海里闪现，毕竟生意不在仁义在，总不至于绝交吧？

王博众和任世嫣一前一后地来到了事先约定好的那家高档餐厅，两人刚刚在靠窗的位置坐下，任世嫣就开门见山直奔今晚的主题。

“博众学长，你是不是早就知道咱们两家这些年的恩怨情仇？和我家人一起把我蒙在鼓里合起伙来隐瞒着我？”

“你现在都知道了。”王博众很吃惊，她竟然还不知道三十年前那段恩怨情仇的来龙去脉。

“那段恩怨情仇我家人瞒着我就算了，博众哥哥你干吗也瞒着我？你告诉我啊！”任世嫣嚷着问。

“你先别激动！等我慢慢告诉你。”王博众语无伦次地解释着。

“快点告诉我啊？我今天就要一个合理的解释！”此时此刻任世嫣的情绪很激动。

“嫣嫣，其实我本不想瞒着你的，每次你伤心难过的时候，我的心也是痛如刀绞，这件事当时已经过去了很久，我怕我当初告诉你咱们两家有一段恩怨情仇，我们连朋友都做不成了。”

“你知道当时我有多么爱你吗？一天见不到你，我吃饭吃不香，睡觉睡不好，干什么都没心思，睁眼闭眼心里想的脑子里装的都是你。”任世嫣噘着嘴巴摆出一副很委屈的模样。

“感情自古以来都讲究门当户对，还有感情不是你情我愿两个人的事情，我们不能为了个人的一时之欢而忽略父母乃至整个家族的意见。”王博众经过前两段轰轰烈烈的恋情此时此刻是理智的。

“如果现在给你出一道单选题：面包和爱情，二者只可选其一，你会选哪一个？一个是可以为它赴汤蹈火魂牵梦绕的至爱，一个是没有了它你可能会被饿死的一块香喷喷的面包。”

任世嫣的提问很经典也很到位，她怕今天不说以后就没机会再说了，因为她心里比谁都清楚他们两大家族不会有一个人同意他们在一起的。

我会在时间允许的情况下先选择面包，等时机成熟后再选择经营这段刻骨铭心的爱情，如果让我在这两者之间做出选择之后就丧失了尊严和自由，那么我宁愿妥协退场。”王博众的回答很慎重也很严肃认真。

“我很抱歉，这次没能帮上你，祝你好运！学长。”

“没关系的，这也不能怨你，毕竟你尽力了，其实我早就料到了结果。”

“只是不知学长下一步打算怎么办？”

“我从来都相信那句话，车到山前必有路！现在我还能怎样？顺其自然呗！”

“我觉得学长可以想想其他的方法，以学长的聪明才智这件事应该难不倒你。”

“就知道给学长戴高帽子，都什么时候了还有心情调侃我？这句话虽然有些敷衍奉承，但是听起来心里暖暖的。”

“博众学长，我今晚心情原本很低落的，没想到见到了你，和你在一起的每一分每一秒我都是那么开心。可是一想到咱们两家这么多年没有解开的恩怨情仇，我的心里时而矛盾时而觉得压抑。学长，我能借你肩膀靠一会儿吗？我保证就一会儿。”任世嫣一边说一边竖起了右手食指。

王博众看到如此柔弱的小学妹，就默认了她这个不算过分的请求，此时此刻一轮皎洁的明月映照在餐厅窗外的池塘中央，这时候夜景显得格外宜人，于是王博众提议到窗外的公园里走走。

这个晚上对两人来说是最浪漫最漫长的一个夜晚，因为这个晚上他们即使回去睡觉也会失眠的。任世嫣于是提议去 KTV 唱歌，王博众爽快地答应了，两人选了一个包房，任世嫣点的第一首歌就是《爱曾经来过》，哭着唱完了。

王博众看任世嫣哭得那么伤心，连忙递了两张餐巾纸，任世嫣失声痛哭从王博众的背后抱紧了他，他是让她心动让她魂牵梦绕的初恋，曾经的她单纯地以为凭她显赫的家庭背景只要自己想要的她的爸爸都会成全她，曾经的她固执地认为他一定是她的白马王子。

这时王博众亲切地说："嫣嫣，既然你今天心情不好，就让我为你唱一首吧。只要你喜欢的你点的，我一定会不遗余力地唱给你听！唱得好给个掌声，唱得不好你也不要嘲笑挖苦我。好不好？"

"好！好啊！从来没有听过我的偶像面对面为我唱歌呢。今晚让我真的有些受宠若惊，没想到英俊冷酷不苟言笑的安大第一才子我的学长竟然还有这么温柔体贴的一面，以后谁要是做了你的妻子一定会特别特别幸福的，那我就不客气了！第一首《断点》吧！"

"静静地陪你走了好远好远，连眼睛红了都没有发现。听着你说你现在的改变，看着我依然最爱你的笑脸。这条旧路依然没有改变，以往的每次路过都是晴天。想起我们有过的从前，泪水就一点一点开始漫延……"

唱得声情并茂，唱完了轻轻喊了三声任世嫣，没有回复，任世嫣从他的背后紧紧地抱着他，小脑袋靠在他的肩膀上竟然不知不觉很享受地睡着了，王博众屏住了呼吸静静地等她醒来的那一刻，不忍心打扰她。

第二天一早两人依依不舍地分别了，那天北京的天空飘着绵绵的秋雨，任世嫣临走之前轻轻地吻了一下王博众的脸。

这天早上，王博众吃早饭的时候，杨玉莲提前告诉他又要来北京，并且还问了个让王博众啼笑皆非的问题：假如有一天她和她老公离婚，还要不要她？他们的孩子他愿不愿意养？

他心想她为了让他死心不顾他的感受嫁给了另一个男人，难道这些还不够让他痛苦让他死心吗？她到底还想把他折磨成什么样才会满意？早知今日何必当初呢？当初落魄时看不起我，听你家里的意见选择了放弃我，现在等我咸鱼翻身了又想反悔，世界上哪有那么多可以反悔的事？

在王博众看来，爱就是爱，不爱了就是不爱了，除非天灾人祸让两个人不得不分开。

他最鄙视那些为了分手把自己说得那么可怜那么无辜的人，目的不是欲盖弥彰就是谋财害命。这是他鉴于上一段感情痛彻心扉的反省和感悟，他时时刻刻提醒自己不能再重蹈覆辙了。

青春有限，人生还有很多有意义的事情要做，没必要在把感情当游戏的人身上耗费太多的时间和精力，毕竟以前也算朋友一场，做人不能太绝情嘛。但是人家千里迢迢赶来北京看他，还是要尽到地主之宜，为她接风洗尘还是有必要的。

在各方的债务危机的四面围攻下，王博众的上市公司没有宣布倒闭，但是被北京一家更有实力的上市公司铁锤投资控股有限公司所收购，从此他的手中只持有百分之二十的股份，王博众从此成为另一家上市控股公司的董事会成员之一，所有债务都由这家总公司处理，这也许是最好的收场了。

他不敢再奢求什么天长地久、地老天荒和刻骨铭心的爱情了。

这一路他失去了太多，他都不知道除了他父母他目前还能去相信谁！这个世界每天都在变化，自古以来即使亲兄弟都会争权夺势为了利益反目成仇互相背叛。

童年时失去世界上最伟大的母爱，成年时失去了对她疼爱有加的奶奶，学生时代错过暗恋他三年却因为世仇不得不放弃的学妹，毕业后又错过了跟他一见倾心有缘无分的初恋。

那栋气派十足的别墅也被拍卖了抵债，管家、做饭洗衣服的保姆、保洁阿姨，还有那个专职司机老程都被他遣散了，现在的他只有一辆高配置的白色宝马车，和两个忠心耿耿当年跟他一起创业的功臣，一个是牛大鹏，一个是史有理，发生过的这一切对他来说就像可望而不可即的空中楼阁和海市蜃楼那般虚无缥缈起来。

第二天傍晚他来到了郊区一处湖塘边的草地上坐了下

来，脑海中又重新浮现出读书时和北漂路上那一幕又一幕交织着眼泪和笑声的记忆：“王博众，你给我听好了：从明天起我们交往吧？今生今世，我非你不嫁，只要能跟你在一起，即使吃馒头咸菜也很开心，这辈子我跟定你了。”

当年在安大读书期间一个月色宜人的夜晚，杨玉莲在全寝室另外三位死党和一个闺密陪同下着一袭白色长裙，站在王博众的寝室楼下，摆了一个心形蜡烛，手捧一束鲜花，公然对王博众真情告白。

这温馨浪漫的一幕引来很多的同学围观，同学们都被杨玉莲真诚直率的表白所感动，自发组织成两个拉拉队，用手中的练习本卷成喇叭状用嘴使劲对着三楼寝室上的王博众呼喊着，还有人吹口哨，气氛十足：“答应她，在一起，答应她，在一起，答应她，在一起——”其中的一个学姐说你们简直就是金童玉女天作之合，在一起一定会幸福死的。

王博众另外三个室友都快看不下去了，对王博众说：“多好的一个女孩子，个性鲜明，敢爱敢恨，你小子何德何能？简直就是祖上八辈修来的福气，遇到这么一个女神般让我等羡慕嫉妒恨的姑娘。”

其中的一个室友有些按捺不住了，故意激他说：“博众哥，你再不下去我可要下去了，到时候你可别后悔哦。”王博众说一边去，这一刻他再也控制不住以百米冲刺的速度跑到了寝室楼下紧紧地抱住了杨玉莲，两人在众多同学、杨玉莲死党和闺密的见证下公然走到了一起。

这时候他的身后突然冒出了一个患有精神分裂症的流浪女，蓬头垢面，衣衫褴褛，皮肤黝黑，牙齿很白，提着一大包塑料瓶子，还冲着他傻笑，这是流浪女给他的第一印象，这一幕让王博众彻底愣住了。当时的他正幻想冲上去一拳打掉流浪女的门牙，“让你大晚上不睡觉出来吓我！看你以后还敢不敢再吓人！”王博众一边喊着一边再踹她几脚试着泄去心中的愤恨。

“喂，小伙，喊你呢！快点告诉我你在想什么呢？该不会被本姑娘的姿色给迷倒了吧？”

看着流浪女沾沾自喜又那么自恋的表情，王博众定睛望着湖面上倒映的一轮皓月，惆怅万分，只无奈地淡淡说了一句：“你爱怎么想就怎么想吧，跟我没关系！”

在一阵短暂的沉默之后黑脸哥突然在他们身后出现了。

“兄弟，这是怎么个情况？你们在演偶像剧吗？富家千金化身街头小乞丐，跟我们现实中很难见到的高富帅，简直就是郎才女貌，天造地设的一对呀！你们如果不在一起兄弟我可都看不过去了。”

“你小子从哪儿冒出来的？像个鬼似的一声不吭，哥的心你是不会懂的！就别耗费时间和精力乱点鸳鸯谱了，如果有兴趣让给你。”王博众见黑脸想撮合他和流浪女，摆出一副不屑一顾的样子。

“黑脸哥，你现在做的那个给设计师办证评奖的项目怎么样了？”王博众见刚刚气氛有些尴尬突然转换话题。

“多谢老弟关心，都是出来混的，混口饭吃嘛。”

流浪女听黑脸哥说他的项目这么挣钱听得津津有味，如果是传销，流浪女早就成落网之鱼了，黑脸哥越是向流浪女推销王博众，流浪女越是对黑脸哥感兴趣，流浪女含情脉脉地对黑脸哥说：“你就是我要找的如意郎君！他还小，无论从年龄还是身材哪个角度考虑，你都是我心目中的如意郎君。”

“那个谁，你对你的男朋友有什么要求吗？或者说需要具备哪些条件？”黑脸哥故意调侃流浪女。

“起码有车有房，舍得给我花钱，买新衣服，每个月必须得给我零花钱，不得有家庭暴力！最后一条是最主要的。”流浪女一边说着一边开始犯花痴陶醉在那种幸福的憧憬之中。

“那我肯定不是你的最佳选择，你知道我对我以前的女朋友是什么态度吗？你，快去给大爷我倒杯水，只要她慢了点，我就会劈头盖脸抽她一巴掌，还不过瘾再踹她一脚，在我这里我的女人就是伺候我的奴隶，让她干啥她必须干啥。”

“有脾气才是真男人！不过你如果真是那样子确实挺吓人，太有暴力倾向了。”流浪女听后往后挪了几步缩着头吓得鸡皮疙瘩掉了一地。

流浪女看王博众一副书生的样子，心想应该不会有什么暴力倾向，竟然真的相信黑脸哥的话认为王博众对她有那种意思，她不知从哪来的勇气吞吞吐吐地问王博众：“我每天晚上都在麦当劳住，已经住了一个多月了，今晚能不能搬到你那里住啊？”

流浪女的这句话像是一道晴天霹雳彻底雷到了王博众，平时一向以忍者无敌自称的他再也无法淡定了。

“那个谁，都是出来混的，我看你也不容易，我现在是没有女朋友，即使好女人都死光了，我以后找不到大学生，我找初中或者高中毕业的，也不会找像你这种歪瓜裂枣阿猫阿狗没人要的流浪女！如果想找我报仇，去铁锤投资控股有限责任公司，随时恭候！”流浪女被王博众的这番话瞬间惹怒了。

“好！这可是你说的，总有一天我会让你后悔的！”流浪女说完就匆匆消失在暮色之中。流浪女气得眼睛里都快要喷出滚烫的火焰，那表情就像异世重生小说里的玄幻人物。

第二天下班的路上，流浪女带了一个打手胖子，一看就是故意过来找碴的，那胖子扫视了王博众三分钟之后，转过头对流浪女说："你想多了。"流浪女说："死胖子你不是我朋友，不替我说话还帮一个外人说话。""没事别在外边给我惹是生非，不然你一个月的自由时间将会被提前收回。"

王博众听了那个胖子的话，不禁打了个寒战，莫非这个流浪女的来头不小？真的是黑脸哥口中说的富家千金化身街头小乞丐？

胖子和流浪女刚走没多久，流浪女又跑了回来跟王博众道歉说："小弟弟，对不起啊！刚刚只是一场误会。"王博众没有搭理她，心想不是每句对不起都能换来没关系的。

第二天流浪女还是不死心，只要王博众一天不接受她的道歉，她就每天等他下班拦在他下班的必经之地，而且一次比一次穿得光彩夺目，第三天流浪女拿掉了化妆师画在脸上的那些又黑又丑的麻子、黑头、雀斑、黑痣，王博众一眼没有认出来，但是听她的声音还是那么熟悉，流浪女一改以往的风格，之前的那身匪气消失殆尽，一夜之间从丑小鸭变成了天鹅般美丽动人的青春美少女。

王博众心想别以为化过妆用美色就可以诱惑到我，对于男人来说，色字头上一把刀！这句话是很有道理的。他还是对她一副冷冰冰的表情，只因为第一印象太差了，一时半会儿王博众心中的那道阴影还难以消散。

有一天流浪女突然想出了一个主意，就是安排黑脸哥以他的名义请王博众吃烧烤喝酒，酒过三巡，然后流浪女再去买单，流浪女在这天晚上告诉王博众自己的真实姓名："你好！我叫江天月。"没想到王博众这么精明的一个人竟然一不小心防不胜防钻进了流浪女精心布下的圈套之中，他怎么也不会想到曾经和他称兄道弟那么信任的黑脸哥会出卖他。

话说，"吃人嘴短，人往高处走，水往低处流。"

王博众拍拍黑脸哥的肩膀抿了抿嘴唇说："兄弟，好样的！我做梦也没想到你堂堂一条汉子今天竟然被她给收买了，从今往后，你就是她的私人保镖了，跟着她你就可以咸鱼翻身吃香的喝辣的去了。"

"兄弟，哥们也不是存心想背叛你，只因她早已盯上了你，她说让我帮她追你，她的手里面又有我的把柄，如果我不按照她的计划行事，我的工作就丢了，我家里面还有白发苍苍的老爸老妈需要照顾，所以她让我这段时间跟踪你，她说只要我老实听话她心情好了就打算放我一马，不然就会落井下石。兄弟有难，你看在往日交情的分上就原谅我吧！"

"好了，这里没你的事了，我明白了。"

流浪女眨眼示意黑脸哥暂时回避，坐下来跟王博众谈了起来。"只要本姑娘看中的小伙没有一个能逃出我的手掌心的，我劝你还是乖乖地束手就擒，做我的小男人吧！

跟我斗你还嫩了点，最多也只是以卵击石，识相的就不要跟我做那些无谓的抵抗了。”

江天月这番话的语气十分傲慢而且斩钉截铁。

王博众这一刻突然觉得他的人格尊严受到了严重的侮辱和挑衅。话说，一物降一物，这次王博众第一次遇到对手，这一刻处理起跟她的关系突然变得棘手起来，事到如今，硬碰硬无疑是以卵击石不自量力，最好的做法就是缓兵之计，既然注定是生命中的宿敌，即使躲到天涯海角依然会遇上。

王博众看她一副女汉子女流氓的气势，很无奈地说了一句：“难道就没有其他化干戈为玉帛的办法了吗？我跟你萍水相逢，这天底下好男人美男子这么多，干吗总是缠着我不放？”

“你现在还有什么资格跟我谈条件？惹到我的人都不会有什么好下场，这事不能就这么过去，必须得让你付出点代价，是时候让你知道我的真实身份了，告诉你，我是整个北京城最大的酒厂中柱酒业集团公司董事长江荣昌的女儿江天月，我长这么大，至今还没人敢这么不识天高地厚对我耍脾气装清高呢，看来这次不给你点颜色看你还以为本小姐是多么好惹的呢。看在你主动认错态度良好的分儿上，我不会特别为难你的，但是对你的惩罚是必不可少的。”

王博众被江天月对他时冷时热死缠烂打的游戏弄得有些蒙圈了，原来这一切都是江天月一手策划的，王博众也不知道眼前这个江大小姐葫芦里卖的到底是什么药，只能静观其变，见机行事。他在考虑要不要搬救兵过来为他解围。

只见江天月朝他的胸口就是一拳，“喂，说你呢！想什么呢？落入我江天月的手里，你是逃脱不了了，即使天王老子来也救不了你，别怪我没有警告你，少跟我耍心眼，否则后果很严重的。”

“本小姐也不是不讲情理的人，我只有一个要求，就是做我一百天的男朋友，陪本小姐玩开心了自然会放过你，就当是你对本小姐精神损失的补偿！当然你也可以不答应，我不会勉强你，更不会对外公布你的事迹，这事我保证只有你知我知天知地知，不会再有第三个人知道，我给你三天的时间考虑，三天之后如果没有得到我想要的答案，我不敢保证媒体的头条不会有你的负面新闻，为了你在北京商场的形象和地位，我劝你还是三思而行。”

“是啊！兄弟，咱好汉不吃眼前亏！一百天一眨眼就过去了，说不定陪她玩开心了还能弄个乘龙快婿当当呢。兄弟你可别忘了，咱北京城最大的酒厂中柱酒业集团可是价值上亿的资产，以后你要是成为咱们的少当家的，这一生的荣华富贵可是享之不尽啊！多少寒门子弟垂涎三尺挤破脑袋也没有机会踏进江家大宅半步，这么好的一桩事竟然被你小子给摊上了，有时候这人啊！还真不得不相信三分天注定，七分靠打拼。命好的人即使捡到白纸也能化成白银，命不好的人即使捡到黄金也会变成黄铜。”

“这个诱惑是不小，但人各有志，不可强求，哥的心，你懂的！我更想通过自己的本事吃饭，要是看着羡慕嫉妒恨，兄弟，只要你给我想出一个能全身而退和平解决的策略，我保证将这个机会让给你。”

“王兄，咱们两年多的交情了，你还不了解我吗？不是兄弟我不想帮你，你也知道我这人嫉恶如仇最看不惯的就是对人家推心置腹，别人不但不领情而且记仇不记恩，当初咱俩初见之时不就是因为那个记仇不记恩的人渣吗？他想找事让我过去帮他摆平，结果哥们觉得你够义气讲道理，人也挺老实，跟你成了朋友，后来跟他一刀两断再无瓜葛了。

“人家中柱酒业集团千金大小姐江天月是什么层次的人？那可是北京城数一数二的上流社会人士，自从认识我就没有正眼看过我。

“我高中毕业而且是乡下来的，既没有你那么高的学历，也没有你出类拔萃的商业头脑，贴膜胖子也说了以你那高深莫测的才学和三寸不烂之舌拿下她就是小菜一碟。何况人家是主动送上门来的，我说不好听点，以前我就是一流氓，一大老粗，现在连她家的一条宠物狗都不如，除了身强体壮力气大点，哪里都配不上她！你们如果能在一起，那简直就是郎才女貌，天作之合呀。”

“好了，你这番苦心准备的台词应该练习很多遍了吧？一套又一套的，听起来确实挺有道理的，哥们，你知道我为什么一直留在北京吗？很多发小和同学都持反对意见。

“当年有个同班同学老程来北京跟我在天通苑天桥偶遇，我曾问过他同样的问题，你能想象到当年我只身一人无亲无故的那段不堪回首的漂流史吗？最落魄的时候，没有固定工作，口袋里还剩一枚硬币，没地方住，晚上在二十四小时营业的麦当劳桌椅上睡过，你知道这三年多我为什么没有离开过北京吗？

“中国不是有句话叫‘日久生情’吗？不知不觉我渐渐地习惯并爱上了这里的一花一草一木，早晚上下班拥堵不堪的交通，热闹非凡的夜市，雨夜万家灯火中撑着雨伞匆匆回家的人们。

“这段北漂的生涯酸甜苦辣各种滋味都尝遍了，出了校门就是社会，经历过几场大风大浪，整个人已经改变了许多，因为在这个世界上没有人相信穷人的眼泪！没有人同情穷人为了给自己找台阶下编出的各种借口！如果你不能影响到别人，下一刻可能就会被别人同化了。

“在这座国际一流的城市，几乎每一个异乡人都很努力拼搏，都有这种不服输力争上游的魄力和信心，就像国家乃至世界一流名校北大、哈佛通宵达旦亮着灯火的图书馆的学习氛围那样催人奋进。

“为了不落伍，不被这个物竞天择适者生存的大都市淘汰出局，很多人节假日依然加班或者给自己充电丝毫不敢懈怠，你说你堂堂七尺男儿竟然会屈服在一个女人的手下，我真替哥们你感到悲哀。”面对昔日的好友与豪门千金狼狈为奸，王博众平摊双手，摇了摇头深深地叹了口气说：“朽木不可雕也。”暂时也没有其他更好的办法排解心中的苦闷。

黑脸哥听着听着貌似快被王博众这番推心置腹的心里话感化了，有泪珠在眼眶里打转，他又叫了一杯咖啡，然后借口说上一下卫生间，用水冲洗了一下即将掉落的泪水，因为王博众的这番话说到了他的心坎上，陷入两难境地的他突然变得茫然起来。

王博众看黑脸哥一副左右为难的表情连忙起身说：“斌哥，今天的谈话就到这里吧！晚上我还有个饭局，谢谢你的咖啡，后会有期！”

王博众说完便开着他的爱车扬长而去，消失在下班人流里。宋斌点燃了一根烟，也深深地叹了一口气，望着王博众的身影一时有些自责愧疚起来，越来越有那种人在江湖、身不由己的感觉。

这一年的七月十五，杨玉莲又来北京了，王博众不知她为何如此迷恋北京，究竟是迷恋这里的繁华，还是迷恋和他曾经一起牵手走过的街道？王博众心乱如麻，不敢往后面想了。

爱情向左，梦想向右，这个背道而驰的选择，无时无刻不在提醒着我们“深情不及久伴”这句话的真谛，还有当年许下的如今已被命运的风暴狠狠地席卷到现实岸边的那些浪花般破碎的心愿。

在这座说大不大说小不小的北京城，他们除了偶然碰面打个招呼做最熟悉的陌生人又能怎样？他再次见到昔日女友的未婚夫，除了化干戈为玉帛假装很大方地说一句违心的祝福和“替我好好照顾她”然后转身挥泪放手，还能扭转局面吗？就算天意弄人能够扭转局面，事实已经无法改变了。

王博众给江天月做男朋友的第一天，江天月让王博众给她当司机，她就坐在那辆奔驰副驾驶位置上，这一天几乎逛遍了整个北京城的高档商场，买衣服的时候，每买一件江天月都征求王博众的意见：“这件适合我吗？我穿着好看吗？”只要王博众点头，她眼都不眨看都不看价格就把卡给导购，王博众这次叹了口气小声嘀咕着：“这陪女人逛街真不容易！不仅得有耐心，还得有力气，不能嫌脚底板疼，否则会给人看出是男仆，一点没有绅士风度。”

他们在国贸一家高端商场购物时，偶然间撞上了任世嫣，任世嫣的心头顿时咯噔一下就像被绣花针戳了一下似的，酸酸的滋味明显是被江天月打翻了醋罐子。

江天月见眼前这个陌生女子看王博众的眼神有些暧昧，故意对王博众特别温柔地说：“博众哥，你看咱们今晚是不是该好好庆祝一下？想不想我亲手做几道拿手好菜？”

“没想到咱们中柱酒业集团的千金大小姐竟然有这么贤淑勤俭的一面，真是人不可貌相，深藏不露啊！如果没有什么附加条件就成交吧！”

任世嫣看现在的王博众生活如此幸福快乐，旁边还有一个如此活泼可爱勤俭持家会过日子的女朋友，心里越来越不平衡了。

“为什么我当年苦苦追求颜面尽失没有得到，而毕业之后自己的人生大事可以自己做主去努力争取的时候，却被两家的世仇阻挡又要放弃呢？不知从哪里冒出来的黄毛丫头，就算天上掉馅饼也轮不到她吧？”任世焉越想越不服输，她快步走上前去甩开江天月的胳膊，右手牵着王博众的左手说：“博众，你是我的生命，我不允许你从我生命中溜走。”

“快放手！你干吗啊？我不能跟你走，我们是不会有结果的，长痛不如短痛！”

这时候江天月也不甘示弱，和任世嫣一人紧紧拽着王博众一只手不放，挣来抢去，各不相让！王博众这一刻觉得自己就像是两个没长大的小姑娘正在争抢的玩具似的。

大概这样僵持了十分钟，巡逻的保安来了，“干吗呢？哥们，这究竟是咋回事？咋被两个小姑娘争来抢去？”王博众这时突然意识到问题的严重性，连忙给二位千金大小姐打圆场：“保安大哥，是这样的，她们俩一个是妹妹，一个是我朋友，她们俩想比试一下看看究竟谁的力气大，谁的力气大今晚我跟谁走。”

“对，对，对，保安大哥，事情就是哥哥说的这样子。”“比试不要在公共场所，赶紧到别的地方去吧！这里还要正常营业呢。你们这群长不大的90后小孩子娇生惯养，就知道横冲直撞毫不收敛，等哪天栽了跟头就知道什么叫‘不听老人言，吃亏在眼前’了。”

任世嫣还是没有争抢过江天月，临走时向王博众打听了眼前这个黄毛丫头的来路，原来眼前这个女孩正是北京中柱酒业集团董事长江荣昌家的千金大小姐江天月，她前两年就听她父亲说过中柱酒业集团江荣昌在北京的实力，凡是在北京有头有脸的社会人士、企业家、演艺界大腕都敬他江荣昌三分。任世嫣从小到大要风得风要雨得雨，从来没有失手过，没想到这次却在如此强大的对手面前颜面尽失，她暗自下定决心，不把曾经的初恋抢回来誓不罢休。

江天月临走时得意扬扬地对任世嫣说："整个北京城只要是我江天月想得到的东西迟早是我的，跟我斗也不掂量掂量你有几斤几两？到目前为止敢与我为敌的女人你是第一个！跟我对着干都要付出代价的，我劝你还是趁早收手吧！我念你是个年幼无知的小萝莉放你一马。"江天月这番话伤到了任世嫣的自尊，更加坚定了她付出再大代价也要得到曾经暗恋三年的王博众的信念。

任世嫣临走时瞪了江天月一眼，并丢了一句话："那咱们就走着瞧吧！"

时间一分一秒地飞逝着，很快杨玉莲和她的未婚夫又回到了在安大读书时打算定居的国际大都市北京，回到了曾经无限憧憬过的帝都，而那些心愿就像泡沫被残酷的现实锤子一个个敲碎。

这次为了避嫌，王博众没有亲自去接她，而是派了一个腿脚好办事利索的男助理去接见招待他们，他俩的吃穿住行被王博众安排得井井有条，吃饭是北京市比较上档次的餐厅，住宿是星级酒店。王博众对杨玉莲一如既往的爱让杨玉莲越来越不好意思了，他对她不计前嫌反而让她无地自容愧疚难当，住了一段时间她就主动重新租了房子，而他为了不难堪也临时带着他的妹妹赵小曼去了一趟内蒙古呼伦贝尔草原散心。在一望无垠的大草原上。他们骑马，吃着正宗的烤羊肉，在草原上一边饮酒一边纵情放歌，他的心门像是突然被打开，然后阳光汹涌而至赶走了内心所有的阴霾和忧愁。

在王博众的心目中，幸福快乐的生活其实很简单，无须锦衣玉食，够吃够喝就行了，陪伴他左右的不奢求天仙般貌美动人，只要有一个和他两情相悦、善解人意、能够同甘共苦的姑娘无怨无悔地跟着他就满足了。

在王博众还是个黄毛小子的时候，他就跟他父亲说过将来一定要超越父亲。他每次过年回家，他大姑都会说谁不盼自己的娘家人好？如今就剩老三家这个亲侄子没结婚了，哪天结婚了也算了却心头的一件大事。

曾经他苦心经营三年左右的商业帝国一瞬间就土崩瓦解了，每当夜深人静从噩梦中醒来，他都会沉思很久很久，那些平日里称兄道弟的狐朋狗友呢？那些商场上对他崇拜有加认为他前途一片光明的股东们呢？那个答应陪伴他一生一世相濡以沫的前女友呢？

如今在他落难时留在他身边的朋友已经寥寥无几了，他的公司自从被那个有实力的大公司收购后，他只落得一个带薪上班的闲职，他以前威风八面的身份和权力很快被架空了，他仿佛回到了青涩懵懂的年华。

他还是那个阳光开朗、不坠青云之志、对未来满怀憧憬的青年才俊，只是这几年的北漂生涯十分曲折坎坷，他看起来有些沧桑。

初入社会的他与这个社会格格不入，个性十足、高傲的从不看别人眼色和脸色做事的人，自然不会为了五斗米向领导摧眉折腰。

无论成功后还是落魄时一直命犯桃花，有时只要他的一个俏皮的微笑，一个会放电的眼神常常闹得满城风雨，一大拨美女春心荡漾，方寸大乱，穷追不舍，甚至为了见一面扬言要跳楼，只要能见上一面死而无憾。

这一天傍晚，中柱酒业集团宣传部小郭带头组织了几个促销员，用一辆货车拉了大约 1000 箱上好的招牌酒，在一处热闹非凡的广场上举办一百零八周年答谢回馈新老顾客买一送一抽奖活动，原价 698 元一瓶的手工纯粮酿造白酒现在买一瓶还赠送一瓶长城干红葡萄酒，凡是购物满五百元的新老顾客均可获得一次抽奖机会。每人仅限一次，连续三天，促销的第一天限额 600 名，第二天第三天分别限额 500 名。奖项设置特等奖一名，奖雷克萨斯轿车一辆，一等奖马尔代夫双飞五日跟团游一次，二等奖中柱酒业集团纯粮酿造价值两百元左右的五年陈酿两瓶，三等奖夏日清凉竹纤维毛巾一条，鼓励奖若干名，每人派发可在中柱酒业集团所有直营店和分销商使用的 100 元代金券一张。凡是参加本次活动的朋友均可获得百岁山纯天然矿泉水一瓶、清风牌餐巾纸一包。

也许是这辆雷克萨斯的诱惑力太大了，许多投机商和看热闹的老百姓兴高采烈争先恐后地来到现场，都想赌一赌运气，一会儿就把促销现场围得水泄不通。幸亏是在休闲健身广场，广场管理部门临时派了十多名保安维持秩序，如果是在马路上，肯定会引起交通堵塞的。

江天月和王博众不知不觉逛街也逛到了这里，看到这广场人山人海，原以为是有人卖艺招来众人的围观呢，走近一看，原来是中柱酒业集团的感恩回馈活动，本着创办百年企业不图盈利聚聚人气的宗旨，为广大群众普通平凡的生活增添了无限惊喜。

王博众看到这一幕，对江天月的父亲赞不绝口：“没想到你父亲堂堂一个企业家也学古时候大户人家大发善心周济穷人了。我最欣赏知恩图报的人，我最讨厌只记仇不记恩的人。我觉得令堂身上一定有许多值得我等晚辈学习的地方，哪天有机会见到叔叔，如有不当之处还请多多为我圆场啊。小月，你们家族企业这次举办的抽奖活动我也想报名参加，我也好久没有试试手气了，你看我这一双手都痒痒了，你快点给我挠挠！”

“再跟我贫嘴就挠你脑袋了！你刚刚那话说得多见外啊，以后等咱俩订婚了，我爸就是你岳父了，我的就是你的，你的就是我的，到时候咱们还分什么彼此啊？！”

“我的天哪！我的人生我做主，这个女汉子不会真的打算跟我白头偕老吧？如果是真的如此，那我大好的年华岂不是葬送在这个狐假虎威的女汉子手里了？！”王博众面对江天月强势凌人自以为是的表情，只能在心里嘀咕，一时间竟不知如何回答。

“既然你那么想试试手气，你就赶紧过去吧！消费五百块钱以上就可以参与，马上太阳下山活动也该结束了。话说：‘君子成人之美，不成人之恶。’我这次就改邪归正不做女汉子做一回君子，我就在这边的木椅上坐着等你。”

江天月望着前方那棵梧桐树，她的语气和态度就像清风吹过一个人熟睡的脸，是那么的温柔而又随意。

王博众开心地大摇大摆地走到了活动现场消费了五百多块钱酒，这时候夕阳的余晖洒在公园的小池塘里，之前里三层外三层的观众已经散得就剩最后几个，映入眼帘的首先是五张折叠型桌子摆成一排，五位工作人员坐在椅子上，另外五位工作人员站在一旁，主要是负责给老百姓递一包纸巾和一瓶矿泉水，随着工作人员不厌其烦一遍又一遍地重复喊着那句“来，下一位，下一位”，终于到了王博众，王博众一句话都没有说只是微笑着竖起一个大拇指,然后签下了他的名字，领取了一瓶矿泉水和一包餐巾纸，然后又大摇大摆地拉着江天月的手消失在苍茫的暮色之中。

江天月开着兰博基尼跑车问王博众要不要来试试？王博众犹豫了片刻，还是经不起江天月的激将法，最后吞吞吐吐地说：“我行吗？”

“少废话！是个男人就不要前怕狼后怕虎的，我告诉你王博众，本姑娘耐心有限，我说你行，你就行！赶紧上车。”

江天月一边说着一边把王博众推上了驾驶员位置，而自己坐上了副驾驶的位置，随着冗长的发动机刺耳的噪声，王博众往日的兜风激情重新被点燃。

“对了！我可是丑话说在前面啊。要是出什么事我可赔不起啊。你到时候可别后悔！别怪我没有提醒你！”王博众习惯性地耸了耸肩，伸出两手掌心向上一脸无辜的表情，好像是在暗示她出什么事跟他无关似的。

“闭上你的乌鸦嘴！我都怀疑你上辈子是不是哑巴？这辈子咋像个话痨似的，再废话小心本姑娘一脚把你踹下车，让你彻底滚蛋，你今晚的任务就是陪我吃饭散步然后把我送回家。”江天月伸出右手摆出一个 OK 的手势，脸上却是故作生气愤怒的模样。

其实王博众巴不得江天月离他远远的，自从江天月这个蛮横无理的女汉子闯入他的世界之后，他的生活完全被打乱了，王博众掐指一算，约法三章一百天才刚刚过去度日如年般的十五天，还有剩下八十五天寄人篱下的苦日子没有熬过去呢！

当他回到了住处，史有理和牛大鹏异口同声地反对王博众的做法，他们都认为王博众这样也太孙子了，一点没有爷们的尊严和骨气，史有理批评王博众说：“咱男人最重要的是什么？是尊严和骨气！”

“史有理同志，我知道你批评得有道理，我知道这件事没有你有理，我现在没时间跟你们解释个中缘由，总有一天你们会明白我为什么会这样做的。”王博众的语气也显得不依不饶，摆明自己坚定不移的立场。

史有理这一刻突然想起了卧薪尝胆这个典故，心中瞬间豁然开朗，明白了王博众为何执念如此之重，然后拍了拍王博众的肩膀说：“大丈夫能屈能伸，苦心人，天不负！兄弟我看好你！只要你认为是正确的就放心大胆地去做吧！这世界困难和挫败可以绊倒弱者，但是绝对打败不了强者。”

稚嫩的纯真年代谁都会经历，那段泥泞不堪的路程也许只有你一个人孤单走过，没有任何人陪伴着你，也许在那段时光里，我们都曾迷茫过，为了一个不值得或者值得的人痛哭过，为了一个痴痴的承诺和疑问苦笑过，跌倒过很多次，后来自己或者被别人搀扶着重新站了起来，每个人的成长都是要付出代价的。

也许一个人成长得越快，付出的代价就会越沉重吧！有人曾说过年轻时最少要任性两次：“一次是一场说走就走的旅行，一次是一场义无反顾的爱情。”

晚饭是在某独栋别墅旁一家环境清静格调优雅的西餐

厅包房吃的，而且在这里能消费得起的几乎都是有钱有权有势的上流社会的人，穷人从这里经过都会害怕收过路费，仅仅是一顿晚餐，包房加餐费最少也得四位数。

就王博众和江天月两个人，席间王博众第二次品尝到了价值上万的上等葡萄酒——1982 年的拉菲，每道菜都很精美，放在非常小的碟里，色香味俱全，看了就让人垂涎三尺，胃口大开。而且第一道就是开胃菜，王博众对江天月如此周到而又丰盛的招待自叹不如。

王博众一边跟江天月碰杯，一边不失礼仪地说："江大千金，让你破费了，你请我这一顿饭几乎花去了普通老百姓辛辛苦苦一两年的血汗钱。"

"还可是嘀呢！"王博众一听竟然是凤阳的方言，一时间激动得有些手足无措："那个谁？你老家不会是安徽花鼓之乡凤阳的吧？"

"是又怎样？不是又怎样？要跟我攀亲啊？我说那个谁，你要是不够吃你自己叫啊！我不喜欢爱作假的人，你可晓得呢？我的外祖父是安徽凤阳的，外婆是安徽合肥的，我从小在北京长大的，所以每次回乡祭祖探亲什么的都会耳濡目染，时间久了，自然就学会了几句。"江天月漫不经心地说着。

"那这么说咱俩还算半个老乡喽？""我可不是什么位高权重造福百姓的大官，你可千万不要贿赂攀附我哦！"

江天月一边调侃着王博众一边眨着勾人心魂的丹凤眼。

几杯酒下肚之后，王博众突然觉得江天月颇有几分姿色，再仔细看时已经眼花缭乱，浮现在他面前的竟然是他的前任。“玉莲，我知道你一定舍不得放下我，你是不是后悔了又回到了我的身边？那个人是不是又欺负你了？只要你愿意，我的心门会一直为你敞开。”

“王博众，你小子竟敢身在曹营心在汉！哼！你给我醒醒！是不是电视剧和小说看多了？像言情剧里为了爱情要死要活的男主人公似的。王博众，你信不信？再跟我撒酒疯我跟你没完。”江天月一边说一边气得往王博众头上泼了一杯凉白开。王博众被江天月这杯凉白开浇得终于从迷幻中回过神来。

“你都喝成这样了，还怎么送我回家？你知道酒驾被交警逮到的代价有多大吗？看来咱们今晚只有叫代驾了。”江天月刚准备在网上找代驾，突然想到一个问题：“王博众，你今晚打算住哪里？是自己打车回去还是露宿街头啊？”

“我说江大千金，你到底还有没有一丝人性了？我再怎么不好也陪你一天了，没有功劳也有苦劳啊？你怎么可以丢下我不管呢？还想不想出来混了？”王博众的最后一句话让江天月怒火中烧。

“都喝成这副德行了还跟我在这里逞英雄？难道我还把你这个王家少爷带回家鞍前马后伺候着啊？我家老头要

是发现我整天跟你瞎逛，还不把你给剥皮抽筋。真是不给你点颜色看看你是不知道本姑娘的厉害啦？！”

江天月一边打了代驾的电话，一边用债主的眼光看着王博众的一举一动，五分钟左右代驾司机骑着一辆电动车匆匆赶了过来，代驾司机是一个四十出头的中年光头男子，左脸有一道伤疤，肩膀上有一道青龙文身，一看就是道上混过的，他坐上驾驶员座位习惯性地问了江天月一句：“你男朋友怎么办？”

“就扔在这里，他有腿有脚有钱的，我就不信他一晚上赖在这里不走了。”

面对江天月有恃无恐天生的大小姐脾气，王博众一点脾气都没有了，嘴里不时叨咕：“看来这有钱人家的大小姐真的好自私任性，娇生惯养，没心没肺，蛇蝎心肠啊！”王博众能想到的贬义词几乎都用上了。

他等了三分钟，江天月还没有回来，“这也太狠了吧？就这么把我像是扔垃圾一样扔在马路边不管了？”

正在王博众不停地重复那几句气话之时，任世嫣开了一辆白色奥迪 A6 悄悄地停在了路边，观察了两三分钟偷听了几句，接了他的话茬，语气故作高冷：“博众哥，让我来解答你的疑惑吧！你是个如假包换的良民！哪路天尊都没有得罪，仅仅得罪了你面前的这位天仙。你跟江天月在一起就是一个天大的错误，那么豪门千金岂是你等壮志末酬的落魄文人攀附得起的？”

“不要再这样嘲讽我了好吗？”王博众这时候突然变得十分软弱，抬头一看是那个调皮可爱的学妹任世嫣，脸色突然三百六十度大转弯，王博众用食指轻轻地点了一下任世嫣的鼻尖，故作严肃的表情：“你呀！让我怎么说你好呢？学长我都沦落到此番地步，你还有心情拿我开玩笑？”

“别啰唆了！赶紧上车，我送你回家，那个霸道任性蛮不讲理的男人婆呢？有没有对你劫财劫色啊？”任世嫣的语气里透着几分得意。

“那个没良心的黄毛丫头走了，我遇到她算是倒了八辈子霉了。对了，你家老头不是不许你和我交往了吗？你怎么还敢送我一程？你就不怕被发现闹得父女关系破裂吗？”王博众诚惶诚恐地问。

“你看你都醉成这个样子了，就算是普通朋友我也不能见死不救啊。何况山高皇帝远，我爸前两天去海南那边谈一个项目见一个大客户，不然我也没时间开车出来兜风啊。这个点路上车少了很多，打车都不好打。”

“嫣嫣，没想到你今晚竟然是我的及时雨了，谢谢你！嘿嘿。”

“少说两句吧！留点力气爬楼梯，一身酒味，难闻死了，你看你，都快成小酒鬼了。”

任世嫣把王博众说得无言以对，任世嫣再说话时，王博众一点动静都没了，竟然打着呼噜坠入沉沉的梦乡。

二十分钟之后任世嫣把王博众送到了住处，车停了王博众还没有醒，任世嫣也不好叫醒他，只能抱着王博众的脑袋让他靠在她的肩膀上甜蜜地睡着，直到十分钟之后，王博众在任世嫣轻薄的素色连衣裙肩膀上流了一些口水才意识到已经到站了，他尴尬地揉了揉眼睛坐了起来，伸了个懒腰，借此机会抱了任世嫣的杨柳腰。

任世嫣搀扶着王博众一步一个台阶走到了王博众的卧室，把王博众安置好了便打算离开，任世嫣正准备离开时王博众一把拉住了她的手：

“都这么晚了，你确定还要回去吗？为我留下吧！我知道你心里还爱着我，你骗得了别人骗得了自己骗不了我。”

任世嫣这时候突然陷入大学时代那段美妙的回忆，当时的她并不知道她与他两家有着不共戴天的世仇，因而义无反顾地追求他，如今千载难逢的一次机会就摆在了她的眼前，她深深地明白他们俩不可能有未来，长痛不如短痛！可是她的内心此时此刻如此煎熬，一时半会却下不了决心。

“爱又怎样？不爱又怎样？如今这社会每天都在变化，谁能保证谁和谁只要两情相悦相濡以沫就能在一起一辈子？谁又能保证一辈子不变心始终如一地爱着一个人，直到白发苍苍脸上的皱纹如发皱的纸张？经历过很多事，现实生活中我越来越感到爱情和生命一样脆弱，甚至不堪一击。多少看似浪漫美好令人向往的爱情却深藏阴谋？多少份信誓旦旦的感情在物质生活和诱惑面前土崩瓦解？”任世嫣还是第一次如此伤感地在王博众的面前感慨人生。

“嫣嫣，如果时光可以倒流，你还会不会爱我？”王博众若有所思地问着。

“哦，王博众同学请上前一步，让现实照亮梦想！”

“你终于醒酒了，如果我没有记错，你还是第一次跟我这么推心置腹地交谈。”任世嫣一边表现出一副无可奈何的表情，一边给王博众倒了一杯水。

“嫣嫣，谢谢今晚你的照顾！如果不是你，我可能趴在马路边就睡着了。”

“早点休息吧！不早了，多日不见，我发现你都快变成话痨了，读书时也没见你这么能说。社会真是一所最好的大学啊！最历练人了，能让你学到很多学校里书本上学不到的东西。”

“我睡沙发，你睡床上吧！还有三个多小时天就要亮了，我这上眼皮都跟下眼皮打架了。”

“你们这些年轻人啊！精力充沛，就知道瞎折腾。”任世嫣又开始学她奶奶有气无力地说话的样子。

“没听说过春宵一刻值千金，酒逢知己千杯少啊！因为咱们是同龄人，没有代沟，共同话题比较多。”

任世嫣一声不吭目不转睛地盯着王博众，好像在暗示他要是再敢说一句就把他从窗户扔出去。王博众看到任世嫣的眼神知道她那惹不起的脾气，但是借着酒意更加有恃无恐，醉眼迷离看着任世嫣越看越漂亮，王博众第一次这样看着任世嫣微微心动。而这千载难逢的春宵一刻让任世嫣整整等了七年，任世嫣终于按捺不住内心的冲动抱着王博众亲吻了起来，王博众也迎合着她香甜的吻，然后把她抱到床上干柴烈火滚起了床单，那一晚王博众则顺理成章地成为了任世嫣的第一个男人。

第二天早上，温暖的阳光洒在窗台上，十点钟王博众洗漱完毕去外边买了早餐，并把早餐放在了桌子上，他若有所思地看着窗外绿树成荫的小道和过往行人还有川流不息的车辆，自从毕业后他们在一起吃早餐的时间就屈指可数了。

任世嫣起床后，先是伸了个懒腰，然后看到窗台边站着的这个穿着白衬衫的暖男，立刻穿着拖鞋从王博众的背后紧紧抱住他，这一刻是任世嫣大胆幻想过无数遍又破灭的心愿，她贴在他的耳边说："你要对我负责，你是想当我们任家的乘龙快婿呢？还是下一百万聘礼把我娶回家做你的妻子？你只有这两种选择，这件事就这么愉快地决定了，不要告诉我你是个不婚主义者，否则我跟你没完。"

"嫣嫣，你我的家境相差悬殊，你贵为任氏地产的千金，而我一个北漂草根青年，怎么担当得起你如此大的恩宠？我问你，如果我没有房子，没有车，没有事业，也没有钱，只是一个居无定所的穷小子，你还会这么一如既往地爱我吗？”

“你现在不是一无所有了吗？我现在跟你在一起还能图什么啊？你以为天底下的女孩子都是现实势利贪慕虚荣那么看重对方家庭背景的吗？你以为天底下所有的爱情都是天作之合门当户对的吗？你不会一无所有的，因为至少你还有我，我的就是你的。

“我看中的不仅是你英俊的外表和由内而外散发出的气质，更是你那份即使跌倒九十九次，只要还有一次机会，你都会奋不顾身勇敢追求永远不会认输的奋斗精神和不甘平凡的上进心。今生今世注定爱上你，这辈子我对天发誓只嫁你一个人。”

就在这个时候王博众的苹果手机清脆悦耳的铃声响起，是江天月打来的电话。

任世嫣从王博众的手里抢过手机快他一步接听了，江天月一听是个女人的声音立刻暴跳如雷，特别气愤，连忙问：“王博众在哪？你到底是谁？”

“我是谁不重要，我跟我的未婚夫在哪也不重要，重要的是我认识某人，知道某人横行霸道争着抢着当小三本来就错了，还一错再错不懂珍惜。我告诉你江天月，别人怕你我可不怕你！”任世嫣故意激将江天月，江天月越生气越伤心，她反而越痛快。

“我知道你是谁了，就是上次遇到的任氏地产千金吧？中国地产百强之一的房产公司的大小姐，在外人面前你的家庭背景是很了不起，不过本小姐就是喜欢跟你这样有胆量的实力派对手竞争。敢不敢跟我比试比试才艺？三局两胜者从此真正拥有王博众，输了的心甘情愿退出，从此消失在王博众的视线之中。”江天月的语气依然是那么强硬那么傲慢。

“好啊！前提条件是谁都不许动用家里的关系！不许用卑鄙的手段！不然违规者一旦被裁判发现自觉认输退出。”任世嫣的语气也是不依不饶，不决出雌雄决不善罢甘休。

“好！有个性！我喜欢！既然你我这辈子注定是情敌，势必会有一场恶战，为了不伤及无辜，十天过后月圆之夜带上各自的闺密后海的一家餐厅见！我会提前两天告诉你比赛具体地点。”江天月傲慢地说。“那我们就走着瞧吧！”任世嫣也不甘示弱地回应着。

很快到了第二天抽奖的时间，江天月和王博众很准时地开车到了抽奖现场。

这时候买过酒的顾客已经排成五个长队在等候抽奖，究竟谁会是这辆雷克萨斯的得主呢？现场的观众朋友们，跳广场舞的大妈们，整日蹲在马路边不需要形象以乞讨为生的职业乞丐们，风雨无阻送各种外卖的小伙，还有起早贪黑送快递的小哥等，个个都像是被胶水粘住的苍蝇似的放下了手中的活，目不转睛注视着现场。不知是谁打的媒体热线，很快娱乐周报的记者也赶了过来。

王博众为了排队抽这个奖站得腿都快抽筋了，一边挥汗如雨，不时喝着手中的矿泉水，一边焦急地等待。江天月戴着墨镜坐在公园里的那张木椅上玩游戏。

大约半个小时之后终于有人抽到了特等奖，让人意想不到的是特等奖得主竟然是王博众，这是王博众做梦也不曾想到的一刻，更让人意想不到的是中柱酒业集团的董事长兼总裁江荣昌也秘而不宣地来到了现场祝贺。

台下的观众听说中柱酒业集团的江总赶过来了，顿时一阵欢呼，江天月听说王博众获得了特等奖也停下了手中的游戏，因为这些都是江天月一手策划的，此时此刻的她正在心中偷笑。

紧接着就是特等奖得主王博众发表获奖感言，很快工作人员把麦克风递到了王博众的手中，王博众此时此刻激动万分，简短地说了几句答谢词："首先十分感谢北京中柱酒业集团的江总给我这次机会！感谢江大千金陪我前来，感谢众多前来与我并肩竞争的朋友们！还有维护现场秩序的十多位保安兄弟，是你们的共同努力才造就我这样一个幸运顾客，今晚我很开心！我是中柱酒业的铁杆粉丝，其他的酒我一概喝不惯，以后也不会再喝了，只有中柱酒业集团生产出的酒的口感符合我那与众不同豪放洒脱的个性。”现场所脸的目光几乎都聚焦在了风度翩翩一表人才的王博众身上。

王博众的话音刚落，江荣昌顿时很惊讶：“这小子怎么会认识我家月月呢？难道……”江荣昌一边陷入沉思一边小声耳语秘书晓晓找两个人调查跟踪王博众，正在这时某娱乐周报的两名记者从人群里冲到王博众发言的台下争相提问：

女记者：“请问这位先生曾是博海众恒传媒的王总吗？据我所知你也曾辉煌过。请问你想到过会获得此次大奖吗？”

王博众：“嗯，这个幻想过，没有想得很具体。”

女记者：“请问这次活动你是如何得知的？”

王博众：“这个问题问得特别好！我是跟江大千金散步时偶然碰到的。”

女记者：“哦，这么说你还是江大千金的男朋友？能简单谈谈你们是怎么结缘的吗？如果今后有融资公司帮你重新上市你还有信心吗？”

王博众：“是啊！三十年河东，三十年河西。没想到命运待我如此不薄！当我想自甘堕落下去的时候，上天又给我安排了一个贵人。”

女记者:“好,感谢你今天的配合!最后送你两句古诗:‘江东子弟多才俊,卷土重来未可知。’”

光阴似箭,很快就到了无与伦比美若天仙的两大豪门千金情故争夺赛的日子,而这一切两个千金的父亲都被蒙在鼓里,一概不知。

这天晚上的比赛一共分为三场,王博众当裁判,江天月和任世嫣的各自闺密监督。比赛在某餐厅举行,从八点到十一点的场地已经被江天月给包下来了,餐厅门外贴着“客满”,暂不招待任何客人。

接下来就是酒吧经理宣布比赛流程和规则:第一场比赛就是比厨艺!参赛双方系好围裙,做一道拿手好菜,各种食材,还有油盐酱醋鸡精料酒葱姜蒜什么的都已备好,旁边还有一本家常菜菜谱,就看看谁的厨艺好,做的菜符合王博众的口味,由王博众评判谁的厨艺更胜一筹。

第二场比赛是扳手腕,双方面对面相视而坐,胳膊放在餐桌上,谁力气大扳倒对方者胜!

第三场比赛最刺激最有挑战性,就是比酒量,而且是拼白酒,三碗酒喝完还能站起来走路不倒者胜!王博众亲自担任这场比赛的裁判。

第一场比赛开始的时候,江天月急得丈二和尚摸不着头脑,她在家一直是个养尊处优的大小姐,做饭洗衣服都是保姆来做的，一次都没有下过厨房，第一次自然会惊慌失措手忙脚乱，虽然翻了几页菜谱还是心有余而力不足，做的是小鸡炖蘑菇，一不小心盐放多了，王博众尝过还没下肚已经咸得连忙找水喝。

轮到任世嫣的时候，因为任世嫣对她母亲做的菜情有独钟，从小一闻到厨房传来的菜香味就爱站在母亲旁边看母亲炒菜做饭，自然是胸有成竹的样子。

任世嫣为王博众做的是丝瓜炒毛豆，王博众尝了一口突然想起他的奶奶和故乡，小时候几乎每一户老屋的屋檐下和围墙上总会结满一个又一个青翠欲滴的丝瓜，有的家庭用来做丝瓜蛋汤，有的用来炒毛豆，有的吃不完将老了的丝瓜晒干剥皮后摘完里边的黑籽当钢丝球用来洗碗刷锅，这些都是乡下人勤俭节约会过日子的一种表现。王博众毫不犹豫地朝任世嫣竖起了大拇指，这场比赛胜出者为任世嫣。

休息片刻，接下来又如火如荼地举行第二场比赛，这一次两人都对彼此加强了防备，不敢轻敌。在持续两分钟不相上下，两人都使出浑身力气汗珠像豆粒般往下掉依然扳不倒对方的时候，旁边的几位观众都有些着急，这时候江天月耍无赖假装说肚子疼，趁任世嫣不注意扳倒了任世嫣，这次胜出者为江天月。

接下来进行第三场比赛，真是“士为知己者死，女为悦己者容”。两大豪门千金为了王博众甚至可以不惜一切代价，即使斗智斗勇拼个你死我活也要分个输赢，愿赌服输也是赌场千百年来不可动摇的规矩。

比赛之前桌子旁都放了些下酒菜和凉菜，还有准备好的解酒茶，这 刻时间仿佛凝结了一般，谁都不想输，因为前两场等于是打了个平手，最后一场最关键。

在几人的掌声鼓励下，江天月毫不犹豫地举起一杯酒就像喝白开水似的咕噜咕噜喝了下去，任世嫣虽然从外形看起来比江天月柔弱些，但是也不甘示弱，闭着眼睛像喝药似的一杯酒分两口喝了下去。

一杯酒下肚之后，江天月就开始胡言乱语目中无人起来：“黄毛丫头，头今晚你输定了，在酒桌上我可从来就没败给任何人过，今晚我会让你输得颜面尽失！本姑娘也不是蛮横无理不懂怜香惜玉，如果你今晚当着大家的面跪倒求我，并向大家保证以后不在博众哥哥面前出现，本姑娘大发慈悲或许可以免去你另外两杯酒精在体内燃烧的痛苦。”

面对江天月轻蔑、高傲、带有些许侮辱的挑衅言辞，任世嫣怒火中烧，她不断告诉自己一定要冷静，对方正在使用心理战术，对于平时凡事要强的她来说，越是带有这种刺激性的宣战，越是能激起她的斗志。

第二杯的时候任世嫣先举杯一口见底，尽管脸颊绯红，但是在场的观众和江天月几乎都惊呆了，任世嫣一次比一次勇敢，任世嫣告诉自己为了让王博众脱离江天月的魔掌，即使今晚喝死了她也无怨无悔，即使不能给予王博众想要的幸福和快乐，也要尽自己最大的努力看到他幸福快乐。

江天月第二杯酒下肚后一时意识有些混乱，第三杯还没喝就趴在桌子上打起呼噜睡着了。片刻过后，餐厅经理宣布这次比赛获胜的是任世嫣！江天月这时还趴在桌子上不停说着梦话，其中的一个服务员跑来给江天月送醒酒汤，江天月丝毫不肯认输："笑话！我没醉，我不会醉的！俺家就是酿酒卖酒的，我是谁啊？我是中柱酒业集团的千金大小姐，一个要风得风要雨得雨从来就没有失望过尝过失败滋味的人，怎么可能输给你呢？这不符合逻辑啊！"

"好啊！既然你嘴硬不肯服输，那我今天就让你尝尝被别人踩在脚下颜面尽失是什么滋味！不是跟我逞英雄吗？桌子上还有一小杯呢。"任世嫣说道。

任世嫣刚要站起来就吐了一地，服务员连忙赶过来递纸巾和漱口水，离包场结束还有不到十分钟，由王博众负责把送回她们各自的住处。

这时候已经是深夜，月色似乎比往常更加温柔了，在这异地他乡，王博众做梦都想有个自己的家，面积不需要有多大，够住就行，媳妇不需要貌美如花，上得了厅堂下得了厨房就行，做的菜不须像大厨那样让人口齿留香回味无穷，色香味俱全可口就行。

王博众驾车的途中第一次发现幸福原来只是一种感觉，并不是拥有名车豪宅，不是妻妾成群万千宠爱于一身，也不是官场或者商场得意风光八面扬眉吐气时，更不是公子哥富二代挥金如土的生活，其实幸福只是一种难以捕捉所求甚少知足常乐的感觉，幸福和时间对于每个人都是公平的，就像空气、阳光和雨露那样廉价到即使沦落街头以乞讨为生的人也会拥有。

幸福不设限，就像一对贫贱夫妻即使蜗居在一间不到十平方米的简陋公寓，每天粗茶淡饭，一起上班下班，只要两颗心在一起都能体会到幸福的滋味。

江天月下车后找了个僻静的地方单独对任世嫣说：“愿赌服输！我看出来你的诚意了！为了王博众可以不要命，那一定是真爱，今晚其实我并没有真正喝醉，你看到的只是假象，我只是想试探一下博众哥在你心目中究竟有多重要。

“今晚看你那么卖命，为他不顾一切的魄力让我十分感动，幸福得来并不难，难的是如何守护！自己的幸福靠自己把握！恭喜你实现了多年来的心愿，结局无论如何，都希望你勇敢做自己，不要让自己的人生留下遗憾。祝你好运！”

任世嫣听后十分惊讶，没想到外表冷若冰霜蛮横无理的江天月竟然还有这么有情有义的一面，任世嫣连忙道歉说："月姐，之前是我误会你了！你的演技太高超了！今晚装醉足以以假乱真了，以后得向你多多学习。"

"呵呵，以后大家就是朋友了，理应相互照应，出门在外可不能没有朋友，有事给我打电话！"两人互相交换了名片就说了再见。

第9章

王博众与任世嫣订婚

任世嫣没想到暗恋了多年的学长王博众与她后来竟然正式走到了一起，王博众也许不知道任世嫣对他多年的相思之苦，王博众公司破产倒闭后打算东山再起，昔日的铁哥们也纷纷慷慨解囊相助，为了表达诚意任世嫣带王博众亲自登门拜访任氏地产董事长，任世嫣的父母看他们的女儿这么痴情地爱着王博众，被感动，决定冰释前嫌，答应了王博众与他女儿的订婚喜事。

——题记

王博众觉得他不能再这样得过且过继续麻木堕落下去，他应该有自己的一份事业，一想到这里他就想到了初来乍到一幕又一幕心酸的往事。电话里父亲异常气愤大义灭亲的那番话像针一样刺进他稚嫩的心里，“你不回家乡发展可以，我们父子俩今天就约法三章，从今往后，你挣的是你的，我挣的是我的，今后谁都不要开口向对方要一分钱。”

他又想起了在天通苑某家山西馅饼店门口为了五角钱放下自尊苦苦哀求，不但没有任何人同情反而被卖馅饼的羞辱了一顿的尴尬遭遇。

“这位小兄弟，我现在身上真的只有最后一枚硬币了，你就体谅体谅我卖我一块馅饼吧！求求你了！”

卖馅饼的一脸憎恶不耐烦的样子连忙朝他挥手：“去去去，赶紧走！买不起就别吃，谁是你的小兄弟？这个社会谁会穷到一块馅饼都吃不起！乞丐都比你强！你呀，要饭我看都没人施舍。没钱买馅饼站在这里干吗？赶紧给我滚远点，不要耽误我做生意。”

“可是，我真的饿了，真的是口袋里没钱了，我刚来北京马上就要露宿街头了。”

“你没钱吃饭跟我有一毛钱关系吗？我跟你又不沾亲带故，凭什么非要同情体谅你，天底下那么多乞丐流浪汉我都同情体谅我还忙不过来呢，谁同情体谅我啊？真是的！再不走小心我对你不客气了。”

这一刻他想到了众筹、天使投资人和风投机构，他决定要东山再起，不能就这样认命了。于是接下来的一段时间里，他疯狂地阅读融资方面的书籍，在增强理论知识的同时，又不忘广交人脉。他这种勤奋努力虚心刻苦学习的精神几乎感动了身边一个又一个投资人，他们经过一致协商都觉得投资给他就是有长远战略眼光明智的选择。

江天月从上一次与任世嫣那场比赛失败之后，渐渐地淡出了王博众的视线，而任世嫣、于菲菲还有杨玉莲又再次进入了王博众的视线之内，三个人都有各自的优点和讨人喜欢的地方，也各有各的强项和吸引人的地方，如果王博众眼前的三个女孩组合成一个女孩，那将会是天下第一好女人！中国好妻子！

王博众越想越激动，越激动越不敢往下边想了，因为他觉得越想越不现实，这一切对他来说就像海市蜃楼般神秘缥缈而又遥远，每次几乎都是与幸福擦肩而过。

这一天王博众带着商业策划书和路演资料来到了中国的硅谷中关村创业大街，在微博上找了一个天使投资人谈融资的事情。事在人为，一直是王博众多年来的信念和精神支柱，越是被别人蔑视否定，他就越要证明一下自己的实力。

他见到的第一个投资人就是北京中柱酒业集团的董事长兼总裁江荣昌，王博众礼貌地笑着跟江总打招呼：“江总好！这么巧我们又见面了。”

“是啊！说明咱俩的缘分不浅，这次路演的事情就看你表现得怎么样了，说不定我们以后还有很多合作机会呢，让我们共同期待吧！年轻人好好发挥。”

史有理和牛大鹏听说王博众想东山再起，于是各自拿出了私房钱，一人十万，两张银行卡同一时间递到了王博众的手中，紧接着赵小曼拿出了攒下来的十万，于菲菲拿出了十万。

一开始王博众说什么也不肯接受这笔钱，当四人异口同声说出不是无偿资助是入股的，投资都有风险，与其在银行放着还不如把赌注押在博众哥哥你这里呢，更何况肥水不流外人田。王博众才心安理得地接受。任世嫣得知王博众想卖出他手上持有的百分之二十的股份套现，股票一抛出就被任世嫣第一个抢着买入了。

就这样在大家团结一致的努力下王博众又成立了一家新传媒公司，业务跟以前做的一样，只是在原有的基础上新增了几项业务。

于菲菲的重新出现已经不再让王博众感到像当年后海初见之时那样忐忑不安。于菲菲想了很久，她还是放不下王博众，并当面义正词严地告诉他：“我于菲菲以前都是为别人而活，而今天我已经深思熟虑过了，从今往后，我的人生我要自己做主，其他什么都可以听从父母的，就是婚姻大事我得自己做一回主，博众，我愿意陪你颠沛流离，同甘共苦，我们再也别分开了好吗？”于菲菲哽咽地说着，一把紧紧抱住了王博众。

“菲菲，这样吧！过去的不愉快的事情就让它过去吧！人不能永远活在回忆里，我已经有女朋友了。”

于菲菲顿时觉得不可思议，“博众，你说什么？我没听清楚。”

王博众不厌其烦重复了一遍刚刚说的话，“我知道这些年你对我一直百般包容，一直默默地站在我身后支持着我鼓励着我，但是你也知道感情是需要两情相悦不能勉强的。”

明天和意外我们都不知道哪个会先来，当天下午任世嫣觉得身体不适，结果去医院检查之后才发现已经怀孕了，她思前想后还是鼓起勇气给王博众打了个电话说找他有急事。

惊慌失措的王博众临走之前对于菲菲说：“抱歉，我临时有事，现在必须得走了，今天已经来不及跟你解释了。”王博众全然不顾于菲菲伤心欲绝梨花带雨的模样，十万火急似的打车前往任世嫣指定的星巴克咖啡厅。于菲菲出门后也拦下一辆出租车并嘱咐司机跟上前面那辆车想看个究竟。

于菲菲悄悄地跟在王博众的后面，看到王博众走进那家咖啡厅来到一个靠窗的角落，任世嫣看到王博众十分激动，连忙拿出刚从医院取回的检查报告单，而于菲菲正站在窗户外面看清了这张报告单的内容，当时她的内心几乎是崩溃的，于是躲在一个角落默默哭泣着，然后给王博众发了一条短信：“王博众，我们好聚好散吧！你们之间的事情我刚刚已经知道了，我消失就好，不会再打扰你们了。”

王博众连忙安慰任世嫣说：“嫣嫣，我会对你负责的，你爸妈知道这件事吗？”

“还不知道，不过只要我回家很快就会知道，纸终究是包不住火的。”

“嫣嫣，给我点时间，我处理好这边的事情就去你家提亲，如今我们只能奉子成婚了。”

“我可以不用你负责，真的！如果得到你的人却得不到你的心，那又有什么意义呢？”

“不行，我要对我那天的冲动负责到底，三天后我去你家提亲，这件事只能你知我知，千万不可张扬出去，否则对你和你家影响不好。”

“放心吧！既然如此我心里就踏实了，你送我回家吧！”

王博众开着任世嫣的车把任世嫣送到了她家门前，给了她一个温暖的拥抱然后打车离开了。

当任世嫣兴高采烈得像个小白兔跑回家中的时候，任世嫣的母亲好奇地问：“今天吃了开心果，还是遇到哪个大帅哥了？好久没见到宝贝女儿这么开心了。”

任世嫣不卑不亢地说：“妈，三天后您就知道了。”就在这时任世嫣的房间窗外有两只喜鹊叫个不停，任世嫣的母亲说：“喜鹊叫说明我们任家三天后肯定有喜事，早点把你嫁个好人家，我和你父亲也了却一桩心事了。”

第三天上午，王博众开着白色宝马X5带着牛大鹏和史有理来到任氏地产的楼下，准备进去却被保安拦在了门外，保安第一句话就是有预约吗？王博众一行说没有，“这样吧！你上去通告一下你们集团的任大小姐，就说她的博众哥要见她。”王博众一边说着一边找出手机里那张他和任世嫣亲密的合照，“既然是未来的姑爷，那我就亲自上去帮您通知一下，让她下楼接您，您稍等。”

大概五分钟后任世嫣走了出来，一看到王博众亲自上门提亲更是喜出望外，连忙热情招呼里边请，王博众、史有理还有牛大鹏拿着一些补品跟着任世嫣坐电梯到了十层，任世嫣指了指董事长办公室说：“这就是我父亲的办公室，对面和隔壁分别是总经理和副总裁办公室。”

王博众进门看到任世嫣的父亲礼貌地说：“伯父，我是嫣嫣的朋友，今天我是专程拜访您的，久闻伯父大名，如雷贯耳。”

任世嫣的父亲对眼前这个英俊潇洒的青年第一印象特别好，“真是自古英才出少年啊！前几天我在外地考察一个项目，听嫣嫣的母亲打电话说我们的宝贝女儿名花有主了，我这个当父亲的特地提前两天回来看看我未来的女婿。之前嫣嫣母亲给她张罗了数十个对象，她每次都是敷衍一下我们没有一个相中的，可见她心中的白马王子已早有人选了，今日一见果然不同凡响。”

王博众见任世嫣的父亲对他十分满意，于是击掌三声连忙吩咐史有理和牛大鹏赶紧把此次拜访的礼物拿进来。

“伯父，这些是我昨天从北京城最好的礼品专卖店精挑细选的冬虫夏草，灵芝还有国宝滋补品山东阿胶，特意买来孝敬您和伯母的。”

“心意到就行了！其实不必这么铺张浪费的，快快坐下聊。”任总连忙吩咐他的秘书沏一壶上好的西湖龙井，然后一人倒了一小杯。

紧接着任世嫣的父亲问到了王博众的工作、家庭和父母有关情况，王博众一五一十地介绍了一遍，任世嫣的父亲听后心里咯噔一下，然后说：“这件事情太突然了，我回头跟你伯母再商量一下结婚的具体事宜，你们先回去吧！”王博众兄弟三人刚走出办公室大门，任世嫣也紧随其后，但被她的父亲叫住了。

“你还是放不下他？到现在你还没有忘记他？我之前就跟你说了你们俩这辈子是不可能的，除非我死了。”

“爸爸，我知道您对姑姑的那件事一直耿耿于怀，可是这一切跟王博众有什么关系？他叔叔一个人不好，总不能把他们一大家都否定了吧？其他事情您和母亲都可以做主，就这件事情女儿要自己做主！反正这辈子非他不嫁了。”

“婚姻大事岂能当作儿戏，俗话说得好，男怕入错行，女怕嫁错郎。爸爸是为了你将来的幸福做长远的考虑，希望你三思而行，不要因为一时冲动重蹈你姑姑的覆辙，你明白吗？好了，这件事到此为止，你们俩都好好冷静一下。”

晚上回到家以后，任世嫣一家正在吃饭的时候，任世嫣因为妊娠反应一直想吐，尽管任世嫣捂着嘴找借口说可能吃坏肚子了，还是被经验丰富的母亲看出来了。

母亲把任世嫣叫到一个房间，问：“你老实说，是不是怀上了王博众的孩子？如果你今天不老实交代，我就带你去医院检查身体。”任世嫣之前大大咧咧的像个男孩子，但是被母亲这一问立刻羞红了脸，然后点头默认了她母亲的猜测。母亲嘱咐任世嫣此事天知地知咱家和他知道就够了，不能再让其他人知道了。

“这件事一定要做好保密工作，不然就毁了你和咱们任家的名声了。结婚的事情不能再拖了，这件事妈替你做主，我会找个时间说服你父亲让他答应了这门婚事，不管怎样你都是妈的好女儿。”任世嫣被母亲一席安慰的话感动得泪如雨下，紧紧地抱住了母亲。

任世嫣的母亲帮任世嫣擦干了眼泪，然后带她回到饭桌上。在饭桌上任世嫣的母亲宣布任世嫣和王博众的订婚宴定在这个月的 5 月 20 号，任世嫣的父亲一开始想反对，任世嫣的母亲说反对和抗议无效，这个秘密就连任世嫣的双胞胎妹妹和弟弟都被蒙在鼓里。

睡觉之前任世嫣的母亲把事情的真相告诉了任世嫣的父亲，任一鸣一开始挺生气的，紧接着任世嫣的母亲安慰说：“老头子，你也别生气了，这男大当婚，女大当嫁，嫁出去的女儿泼出去的水。为了咱们女儿的事情，我可是费尽心思给她张罗了好多个有头有脸的公子，没办法咱们这个女儿太精明了，咱们上有政策她下有对策，而且像咱们女儿这种情况在这个社会太普遍了。这些 90 后思想都比较开放，况且过了这个村就没这个店了，王博众这个小伙子也不错，长得文质彬彬一表人才，只要女儿能幸福开心，跟谁在一起，她有自己选择的权利，我们做父母的最好不要过多干涉，她自己选择的丈夫即使以后后悔也不会怨恨我们。我看就把那段陈年恩怨放下吧！人不能总活在过去，得跟紧时代潮流向前看。”

任一鸣很惊讶任世嫣的母亲什么时候给任世嫣当起了说客，“既然你都想通了，我这个老头子还有什么想不通的，这也是最好的安排了，总比等女儿大了随便找个不喜欢的男人好，至少咱们的女儿是嫁给了爱情而不是嫁给了婚姻，是对是错都是她自己选择的，即使以后相处不融洽闹矛盾也怨不到咱俩了。”

王博众和任世嫣的订婚宴在北京某五星级酒店举行，订婚宴当天，酒席结束的时候，王博众收到了一份神秘快递，王博众好奇地拆开了快递，里面是一本带密码的日记本，还有一张折叠成纸鹤形状的信纸，王博众送给杨玉莲的定情信物—— 一枚情侣对戒，已经做成标本的蜡梅花瓣，上面有几行行云流水一样潇洒的钢笔字：“博众哥，当你看到这封信的时候，我已经万分不舍地离开了这个世界，这个日记本里面有许多想当面对你说又害怕你接受不了的事情，我知道我只有带一个男的扮演我的未婚夫，让你恨我，你才能彻底死心，去追求原本属于你的幸福人生。我这辈子最大的幸福就是认识了你，一个才华横溢、让我无限爱慕和我生命一样重要的男人，密码就是你的生日。”

此时此刻，王博众已经承受不住心中的悲伤，他再也关不紧这道汹涌的闸门，眼泪忍不住掉了下来，他的脑海中重新浮现一幕又一幕复合和误解的情景，第一次搞笑的相遇，第一次抱紧她的场景和忧伤的结局。

他回到家中，关上卧室的房门，小心翼翼地打开了这本日记本的第一页正是他们初次见面的情景，“那是个阳光柔和的冬日傍晚，我遇见了一个让我忐忑不安念念不忘的男生，而这个男生还给我摘了一枝蜡梅花。”

第二页写道：“有缘千里来相会，无缘对面不相逢，这句话真的说到我的心里去了，今生注定我爱你！每次见到你之前我都有千言万语想对你说，而见到你之后又不知从何说起。”

第三页写道：“我一辈子都不会忘记，跟你在一起的时间虽然不长，但是和你在一起的回忆足够温暖余生了。”

王博众随手又翻到了第十页，上面写道：“多想陪你去看一场雪，还有山上刚刚绽放的一朵又一朵梅花，可是已经没有机会了，前两天我身体不适，去医院检查得了肺癌，医生说是肺癌晚期，在这个世界存活的时间最多只有一年……”王博众的泪水滴在了日记本上，他恍然大悟原来真相是这样的。

王博众又翻到第十二页：“为了让你对我彻底死心，我想了整整一个月，我虽然万分不舍去伤害你，可我也知道长痛不如短痛。于是我去北京先是告诉了你订婚的消息，然后又把我的一个朋友带到北京说是我未婚夫。在决定来北京之前我的内心特别挣扎，我知道你看到这一幕又一幕肯定无法接受，肯定会对我恨之入骨，也许只有这样才能让你彻底死心去追寻属于你自己的幸福人生吧？请原谅我的自做主张。”

王博众又翻到了第二十页：“今天是我们相识的第一千零一天，多么希望你我的爱情就像《一千零一夜》里边的故事那么精彩动人，多么希望穿着洁白的婚纱陪你一起走进婚姻的殿堂，做你一世的妻子，执子之手，与子偕老。”

王博众又匆忙翻到了最后一页：“即使有一天我再也不能陪在你身边照顾你鼓励你，你也要坚持初心，不要忘记你当年不顾那么多亲朋好友的反对一心想来北京的炽热的梦想。在哪里跌倒，就在哪里爬起，相信自己，你一定会得到想要的东西。”

日记本最后一页的那几行字正是他最怕面对的：“你是个很优秀、很有上进心也很有志气的男生，如果哪天遇到了一个特别喜欢你正好你也非常满意的女孩子，就把她娶了吧！记住千万不要辜负了人家，因为有些人一旦错过了，可能一辈子都无法回头，那就是永远的遗憾了。我这辈子最开心最幸福的一件事就是在我最美的年华遇见了你！就算离开这个世界也无憾了。抱歉！也只能陪你走到这一步了。”

王博众从回忆中醒过来的时候已经是 2017 年夏天，回忆有时候让我们潸然泪下，有时候让我们哭笑不得，有时候又会让我们情不自禁扬起嘴角。

虽然曾经爱得奋不顾身的人离开了，但是生活还得继续，也许下一站等待王博众的将会是另一段灿烂的人生。

（完）

图书在版编目（CIP）数据

我的青春路过你的锦年 / 杜成著.—哈尔滨：哈尔滨出版社，2018.6（2019.1重印）
ISBN 978-7-5484-4028-4

Ⅰ.①我… Ⅱ.①杜… Ⅲ.①长篇小说—中国—当代 Ⅳ.①I247.5

中国版本图书馆CIP数据核字（2018）第083049号

书　　名：我的青春路过你的锦年
WO DE QINGCHUN LU GUO NI DE JIN NIAN

作　　者：杜　成　著
责任编辑：李金秋　杨浥新
责任审校：李　战
封面设计：源画设计室

出版发行：哈尔滨出版社（Harbin Publishing House）
社　　址：哈尔滨市松北区世坤路738号9号楼　　邮编：150028
经　　销：全国新华书店
印　　刷：哈尔滨市石桥印务有限公司
网　　址：www.hrbcbs.com　　www.mifengniao.com
E-mail：hrbcbs@yeah.net
编辑版权热线：（0451）87900271　87900272
销售热线：（0451）87900202　87900203
邮购热线：4006900345（0451）87900256

开　　本：880mm×1230mm　1/32　印张：9.25　字数：200千字
版　　次：2018年6月第1版
印　　次：2019年1月第2次印刷
书　　号：ISBN 978-7-5484-4028-4
定　　价：39.80元